你不能不知道的
100 部歌剧

贝贝特
音乐馆

广西师范大学出版社
·桂林·

本书经由中国台湾高谈
文化事业有限公司授权发行

著作权合同登记图字:20－2003－133 号

图书在版编目(CIP)数据

你不能不知道的 100 部歌剧/高谈文化编辑部编.
桂林:广西师范大学出版社,2004.2
ISBN 7－5633－4351－2

Ⅰ.你… Ⅱ.高… Ⅲ.歌剧－简介－世界
Ⅳ.J832

中国版本图书馆 CIP 数据核字(2003)第 121351 号

广西师范大学出版社出版发行

(桂林市育才路 15 号 邮政编码:541004)
(网址:www.bbtpress.com)
出版人:萧启明
全国新华书店经销
发行热线:010－64284815
保定市印刷厂印刷
(保定市西二环江城西路 邮政编码:071051)
开本:889mm×1 194mm 1/32
印张:8.75 字数:120 千字
2004 年 2 月第 1 版 2004 年 2 月第 1 次印刷
定价:20.00 元

目　录

《奥菲欧》
L' Orfeo

　　这除了是蒙特威尔地最早创作的歌剧外，在戏剧的表现上也是歌剧史上最初的杰作。

　　音乐精灵出现,宣告说:"音乐可以治愈紊乱的心,它奏出的音乐,可以感动野兽的心,连地狱也会遵照其愿望,实现奥菲欧的话。"

　　水精与牧羊人们正以快乐的合唱和舞蹈庆祝奥菲欧与尤丽迪茜的婚礼。奥菲欧唱着"天上的玫瑰,人世的生命",获得了尤丽迪茜的欢心,尤丽迪茜也以"这么大的快乐不能言传"回应,互相倾诉彼此坚定的爱情。不久后再度回到水精与牧羊人们的明朗合唱,强调出牧歌风格的和平气氛。

　　水精与牧羊人们正围绕奥菲欧,载歌载舞祝福他。突然间女使者出现,唱出"啊,悲惨又严酷的命运",传达尤丽迪茜被毒蛇咬死的噩耗。奥菲欧顿时陷入悲痛的深渊,唱出"我的命根子,你已死了吗",随后发誓要到黄泉之国救回尤丽迪茜,接着向牧羊人们告别。前来传达不幸消息的女使者,看到奥菲欧

蒙特威尔地《奥菲
欧》第三幕第一景,
于米兰斯卡拉剧院
演出时的情形。

悲痛万分的样子,自己也决定住在洞穴里度过痛苦的一生。奥菲欧与女使者离去后,水精与牧羊人们接着唱出悲叹的合唱。

为拯救尤丽迪茜的奥菲欧,来到三途河的河畔。这时候,希望仙子出现了,她勉励奥菲欧要鼓起勇气,可是三途河的渡船夫卡隆特,却以活人不得通过为理由,冷酷地阻绝了奥菲欧的去路。奥菲欧唱出"强而有力的精灵啊",拼命哀求把妻子还给他。不懂得什么叫哀怜的卡隆特,依旧无动于衷,不久后却被奥菲欧的优美歌声迷惑,渐渐地入睡。奥菲欧因此趁机安全渡过三途河。精灵们齐声合唱赞扬奥菲欧的勇气。

地狱之王普鲁东的妻子普罗赛碧娜,深受奥菲欧的歌声感动,热心恳求国王垂听奥菲欧的悲诉。不久,普鲁东的心也被奥菲欧的深情感动,终于答应让奥菲欧带回尤丽迪茜。但命令奥菲欧，在走出冥府回到人世之前，绝不可以回头看妻子。随后精灵们便歌颂出爱的胜利，奥菲欧高兴地走向阳间。然而，他心中却禁不住想看爱妻一眼，当他犯忌回头一看时，尤丽迪茜悲伤唱出"啊，多么温柔，多么辛酸的眼神"后，便消失了踪影。精灵们也感叹合唱出"奥菲欧战胜地狱，却被自己的心击溃"。

再度失去尤丽迪茜的奥菲欧，哀痛唱出《山也悲叹，石也哭泣》。此首悲叹之歌，也加入了山中回音的印象性效果，制造出无比凄凉的气氛，成为全剧的压轴。这时候，腾云驾雾的阿波罗从天而降，他伸出援手鼓励心情陷入谷底的奥菲欧，并一边在天上悄悄做出尤丽迪茜的面貌，使奥菲欧得以心安，一边把他带到天上而去。升天的两人唱出"边唱歌边升天"，送行的牧羊人则同声合唱出赞歌《去吧奥菲欧，蒙神之召，你将在天上获得永恒的平安》。在合唱的同时，舞台的大幕在三拍子的摩尔人舞曲(Moresca)的舞蹈中落下。

《波佩阿的加冕》
L' incoronazione di Poppea

这是蒙特威尔地最后的一出歌剧，也是巴洛克歌剧中的最伟大杰作。

卡罗柯洛波拉演出《波佩阿的加冕》的剧照。

命运之神、美德之神与爱神相继出现,互相争辩自己所拥有的力量。爱神说,我将以如下一出戏,证明爱的力量最强。

罗马武将奥特内完成任务后,在黎明到来之前自战地归来,赫然发现自己家门前有皇帝尼禄的卫兵在打瞌睡,奥特内察知妻子波佩阿与君主的暧昧关系后,愤恨地诅咒红杏出墙的妻子后悻悻离去。不久,尼禄与波佩阿双双出现,波佩阿缠住欲返回皇室的尼禄不放,想当皇后,尼禄终于答应她会休掉皇后奥塔维亚。尼禄离去后,波佩阿的奶妈阿娜塔,苦口婆心地劝阻波佩阿的野心。

在皇宫里,奥塔维亚正在悲叹丈夫的欺瞒行为,奶妈在一旁安慰她。不久,尼禄的老师塞内卡(哲学家)来到,规劝奥塔维亚为了保住皇后的地位必须暂时忍耐,皇后于是走到神殿祈祷,留下塞内卡一人。突然间,智慧女神帕拉德出现,预言塞内卡将不久于人世后消失。这时候尼禄来到,宣布将与奥塔维亚离婚,决定迎娶波佩阿为后,塞内卡加以劝阻,受到皇帝的怒斥。

尼禄再度造访波佩阿。波佩阿对皇帝的决定感到高兴,并巧妙唆使尼禄除掉阻碍其前程的塞内卡。接着由奥特内出场,他逼迫波佩阿重新考虑这件事,但她的态度冷淡,说完告别的话后立即离去,留下独自悲叹的奥特内。

正当塞内卡陷入沉思的时候,卫兵队长李伯托带着皇帝的赐死旨意来到。塞内卡不听好友与家人的劝阻,坚决遵从旨意自杀身亡。皇宫里正举行庆祝塞内卡死亡的欢宴,尼禄与好友鲁卡诺一起欢唱出爱的喜悦。想杀死不贞妻子泄恨，却又下不了毒手的奥特内，被皇后奥塔维亚威胁，要他暗杀波佩阿，犹豫不决的奥特内，终于换上皇后侍女德鲁西拉(Drusilla)的服装，前去暗杀波佩阿。

这时波佩阿正为着塞内卡之死十分兴奋，期望能赶快获得加冕，于是向爱神祈祷后在不知不觉中睡着了。唱着催眠曲的阿娜塔离去后，爱神从天而降，答应保护波佩阿的安全。不久后，乔装成侍女的奥特内出现、准备刺杀波佩阿时，被爱神阻挡，波佩阿立即醒来大叫，奥特内惊慌逃离，阿娜塔紧追在后。

阿娜塔以为刺客是侍女德鲁西拉，便带着捕头去找德鲁西拉。知道事情真相的德鲁西拉，由于深爱着奥特内，自愿替身顶罪。当尼禄判她死罪时，奥特内出现并自首，表示自己才是真正的凶手。皇帝于是下令将互相袒护的奥特内与德鲁西拉，以及阴谋的元凶奥塔维亚，一起驱逐出境。扫除所有障碍后，尼禄与波佩阿高兴地唱出欢喜的二重唱。阿娜塔则称颂波佩阿即将加冕，庆幸自己也从卑微的奶妈晋升成皇后贴身的女官。被判乘坐小船放逐海上的奥塔维亚，悲叹自己将离开罗马，唱出绝望的《再见罗马》离皇宫而去。爱情终于成就，不久后皇宫开始举行波佩阿的加冕典礼。朝里的大小官吏齐聚一堂，同声称颂赞美新皇后，最后以尼禄和波佩阿的《爱的二重唱》结束全剧。

《奥菲欧与尤丽迪茜》

Orfeo ed Euridice

这是音乐史上著名歌剧改革理论的划时代作品，也是格鲁克的代表作。音乐的张力与丰富的表现力，皆与根据著名希腊神话故事写成的剧本紧密结合。此外，其废除装饰与华丽技巧，使音乐与语言有力结合的咏叹调，还有音乐史上首创伴奏朗诵调（Recitativo accompagnato）的用法等，也给后世极大的影响。这样的杰作，在首演两年后才终于在巴黎上演。

奥菲欧的妻子尤丽迪茜被毒蛇咬伤而死，奥菲欧正哭倒在爱妻坟前，悲痛地叫着："尤丽迪茜啊！"牧羊人与森林的精灵们也围在一旁唱着悲叹之歌，少女们一边跳舞一边将手上的鲜花撒向坟墓，大家一同安慰奥菲欧后逐渐离去，孤独的奥菲欧，继续殷切地向诸神祷告，请求将他的妻子还给他（咏叹调《亲爱的人，我呼唤你》），他责备神明无情，然后觉悟叫道，只要能够救回爱妻，他愿意踏入恐怖的洞窟。这时候，爱神阿摩尔出现，告诉他说丘比特非常同情他，并教他可以利用自己的歌声，"只要你的歌声能感动冥府的复仇女神、妖怪及亡灵们，就可以带回尤丽迪茜。"奥菲欧回答说,他愿意赴汤蹈火接受各种试炼。接着阿摩尔又叮咛说:"在你把妻子带回人世之前,你不可以回头看她抱她,若打破此一禁忌你将永远失去妻子(咏叹调《不可回头看》)。"阿摩尔说完便消失无踪。奥菲欧马上发誓遵照约定出发,这时天空亮出一道闪光,雷声四起。

复仇女神、妖怪及亡灵们,纷纷跳起诡异之舞,看到奥菲欧到来,个个怒目相视,围住奥菲欧恫吓他,然后又疯狂起舞。这时候奥菲欧勇敢地弹起竖琴,哀伤地唱出"行行好,请可怜我啊"。刚开始冷淡以待的复仇女神与妖魔们,慢慢地也被竖琴的优美声音迷住了,终于愿意细听奥菲欧的倾诉了。

在百花怒放的原野上,精灵们翩翩起舞(芭蕾场面《精灵之舞》)。如从梦中醒来的奥菲欧,唱出对自然美景的感动(咏叹调《多么美丽的晴空》)。正当奥菲欧四处寻找妻子的时候,精灵们带着尤丽迪茜到来。奥菲欧与尤丽迪茜手牵手互不相看,一同走向人世间。

奥菲欧拉着尤丽迪茜的手前进。妻子抱怨丈夫为何不看她一眼,丈夫默而不答,妻子伤心唱出咏叹调《这是多么难受的一刻》,并开始啜泣哭诉,奥菲欧终于忍耐不住回头一看,尤丽迪茜立即倒地气绝身亡。奥菲欧非常懊悔悲叹(咏叹调《我失去了尤丽迪茜》),抽出短刀准备自杀。这时候爱神阿摩尔适时出现,认定奥菲欧的诚实,又救活了妻子尤丽迪茜,让两人欣喜相拥,快乐回到人间。

全剧就在众人称颂爱神的歌舞声中落幕。

Mozart, Wolfgang Amadeus

《克里特王伊多梅纽斯》
Idomeneo, re Creta

　　舞台是特洛伊战争后的克里特岛。特洛伊公主伊丽雅虽成为克里特的俘虏，但却与克里特的王子伊达曼特相爱。而逃亡至克里特的埃莱克特拉也同时爱上了王子。另一方面，克里特王伊多梅纽斯在自战争归来的途中遇上海难，他向海神内普敦（Neptune）许愿，只要能救他一命，他愿意将登陆后第一个遇见的人当做祭品贡献给海神。不料国王第一个遇见的人，却是自己的儿子伊达曼特。国王不敢将事实告诉王子，心里十分苦恼。

　　国王计划趁海神的怒气未平息之前，先让王子与厄勒克特拉一起逃到希腊的阿格斯（Argos）。王子却安慰着获悉此事而悲叹的伊丽雅。国王见状，知道他们两人彼此相爱，更加深心里的困扰。另一方面，厄勒克特拉却为此事而兴高采烈着。然而，当王子与厄勒克特拉准备出海的时候，突然掀起惊涛骇浪，海上出现一只怪兽，向众人怒吼。知道这是海神作祟的国王，大叫着请惩罚我一人，不要伤害他们。觉悟死亡，准备与怪兽决一死战的王子，和伊丽雅互诉爱的誓言。随后国王与厄勒克特拉也跟着出现，四人各自唱出不同的内心感受。灾祸不断蔓延国内。大祭司告诉国王说,必须向海神献上活祭品。这时候国王才告诉大家,海神所要的活祭品是王子伊达曼特,众人惊愕不已。就在国王面对自愿当活祭品的王子,准备举刀挥下的时候,伊丽雅趋前表示自己愿意当王子的替身。伊丽雅为爱牺牲的精神,感动了海神,突然间海神传出谕令说:"让伊达曼特继承伊多梅纽斯的王位,并娶伊丽雅为后。"疯狂嫉妒的厄勒克特拉被遗忘在一边,歌剧就在众人的欢喜声中落幕。

　　此出歌剧是为了在1781年的狂欢节上演,受慕尼黑宫廷委托而作。当时经过曼海姆、巴黎之旅更加成熟的莫扎特受托写作这部歌剧。这正符合他的心愿,也使他全力以赴。这一点从剧本的细腻制作,歌手的适度安排,都经过再三推敲与修正即可看出。莫扎特采用庄歌剧形式,扩大法国风味,这部风格独特新颖的歌剧杰作就这样诞生了。

　　实际上,本作品也有别于过去偏重咏叹调的传统庄歌剧,而是采用咏叹调(Aria)、干枯朗诵调(Recitativo secco)、伴奏朗诵调、重唱、合唱与芭蕾等巧妙交织混合变化的表现手法,而且全部不破坏戏剧的流程,以连续不断的流动方式串联起来。特别是表示民众的合唱,其张力更充分体现了歌剧的张力。其余若干卓越的重唱曲中,最值得一提的是,据说莫扎特本人也非常满意四重唱曲,其巧妙捕捉四人不同心思的唱法,就是相当革新的手法。

《后宫诱逃》

Die Entfuhrung aus dem Serail

  舞台是土耳其总督塞林的宫殿。西班牙贵族贝蒙特,为拯救情人康丝丹采前来此地。康丝丹采和她的侍女布朗德及其情人,也就是贝蒙特的仆人佩德里洛,都被囚禁于此。康丝丹采虽受到总督的不断示爱,但依然坚守贞节。宫殿里有个难缠的守卫奥斯敏,一直让贝蒙特无法进入宫中。幸好他碰到同在宫中的佩德里洛,终于伴称自己是从意大利来的建筑师而进入宫中。奥斯敏垂涎布朗德,想将她据为己有。另一方面,总督对康丝丹采的逼迫也愈加猛烈。佩德里洛只好想出一计,将奥斯敏灌醉趁其入睡时,四人一起从后宫逃走。但在千钧一发之际,奥斯敏突然醒来将四人一网打尽,押到总督面前。这时候当大家知道贝蒙特的父亲也是总督的仇敌之后,四人有了患难与共的决心。但意外的是,总督却放弃了复仇的念头,仁慈地宣布准许他们四人回到祖国。奥斯敏后悔莫及,歌剧就在大家齐声赞颂总督的大恩大德声中落幕。

  这出歌剧是莫扎特定居维也纳之后,想以音乐家身份展开新生活所写的第一部公开演出的作品。本剧采用插入旁白的德国轻歌剧(Singspiel)风格写成,这与当时的启蒙君主约瑟夫二世企图振兴德文歌剧有关。原先预定在1781年9月俄罗斯大公访问维也纳时上演,但因大公的访问延期,加上莫扎特的作曲花费相当长时间,结果曲子作了一年才正式举行首演。这是莫扎特首度在维也纳公演的歌剧,深恐受到威胁的其他作曲家与相关演出业者纷纷设法阻挠,但演出依然大获成功,维也纳的人们完全为莫扎特的音乐所倾倒。实际上从全剧展现出的活泼生动及愉快气氛,就可感觉出莫扎特急欲在新天地维也纳崭露自我才华的企图。特别是剧中采用了当时维也纳人们所喜爱的土耳其趣味,更可看出莫扎特的意图。

这出歌剧最精彩的地方是人物性格的描写,尤其是第一幕中奥斯敏愤怒演唱的咏叹调,以及第三幕中自豪的咏叹调,

吉尼·洛托为歌剧《后宫诱逃》所画的背景。

都非常逼真有趣。至于贝蒙特的咏叹调，全是充满爱情的优雅歌曲，充分展现了莫扎特抒情的一面。而剧中美妙的管弦乐用法也相当值得注意，其成就远远超越传统的德国轻歌剧。

《费加罗的婚礼》
Le nozze di Figaro

舞台是塞维亚附近的阿尔玛维瓦伯爵官邸。伯爵的仆人费加罗与伯爵夫人的侍女苏珊娜即将结婚，但伯爵却想对苏珊娜行使领主特有的初夜权，获悉此事的费加罗心里很不痛快，决心报复。另一方面，女管家玛尔切利娜则拿着以前费加罗向她借钱时所签下的结婚合约，伙同巴特罗医师想阻止费加罗与苏珊娜结婚。此外，伯爵的侍童凯鲁比诺则爱上了伯爵夫人，伯爵愤怒之余，命令他立刻入伍当兵。于是费加罗与苏珊娜以及伯爵夫人，共同商议准备惩罚伯爵。凯鲁比诺来向伯爵夫人惜别，不巧伯爵刚好来到，凯鲁比诺慌张之余从窗户逃掉，一阵骚动之后，拿着结婚合约的玛尔切利娜也加入争执的行列，大家争吵不休。不久，人们开始公审有关费加罗过去与玛尔切利娜签下的誓约，审判过程中意外发现费加罗原来是玛尔切利娜与巴特罗的亲生儿子，致使伯爵想阻止费加罗结婚的计划落空。另一方面，苏珊娜与伯爵夫人商议后拟出一封诱骗伯爵的书信，正当婚礼即将正式举行的时候，苏珊娜暗中把信交到伯爵手中。夜晚到来之后，与苏珊娜互换衣服的伯爵

《费加罗的婚礼》第一幕的布景画。现收藏于慕尼黑戏剧博物馆。

夫人,来到幽会的花园,使赴会的伯爵大吃一惊,受尽屈辱,但费加罗却误以为苏珊娜真的与伯爵有染,随后又加入凯鲁比诺的搅和中,使场面更为混乱。最后伯爵终于认错,夫人也宽恕了他,在庆贺声中落幕。

莫扎特根据维也纳宫廷剧院诗人达·蓬特 (Da Ponte) 的剧本共写了三出喜歌剧杰作,本作品是其中的第一出。原著是法国剧作家彭马歇(Beaumarchais)的喜剧《费加罗的婚礼》。这部戏严厉批判了封建社会制度，其革命性的内容曾在巴黎与维也纳遭到禁演。因此在维也纳上演时，必须删减原作中许多辛辣的讽刺。因此达·蓬特的编剧或莫扎特的音乐要如何交织成一出歌剧，皆成为众所瞩目的焦点。在当时，敢将这样反体制的戏剧制作成歌剧，从行为本身即可看出达·蓬特与莫扎特两人思想的前卫。这出歌剧中充满活力的庶民精神，在1786年5月1日于布拉格剧院，由莫扎特亲自指挥举行首演，虽然获得成功，但到第九次演出时便因内容太过革新被禁演。一直到同年12月才在布拉格上演时，获得很大的成功。

莫扎特在本作品中十分生动地描绘出人类微妙的感情世界。爱与嫉妒，阴谋与误解等各种心机，以至最后到达宽容化解的错综复杂，莫扎特用逼真的音符做了完美表现。由于内容缠绕着复杂的人际关系，因此剧中也相继出现许多重唱曲，以及各种组合的合唱杰作。而在整体活泼生动的戏剧表现中，管弦乐也扮演着极为重大的角色，这一点在歌剧开头灿烂辉煌的序曲中，就明白地表露无遗。

《唐璜》
Don Giovanni

背景是西班牙。仆人莱波雷洛非常讨厌服侍好色的贵族唐璜。今晚主人又偷偷潜入唐娜·安娜的家中。不久后，唐璜被安娜的父亲骑士长追赶出来，两人开始决斗，唐璜击败骑士长后离去。看见父亲被杀害的安娜,与情人奥塔维奥一起发誓要为父报仇,离开后的唐璜,不巧碰上曾经被他遗弃的埃尔维拉,唐璜立即把这难堪的场面交给莱波雷洛去应付,自己逃之夭夭。接着,唐璜又盯上村里的美丽姑娘采丽娜,在其甜言蜜语下,采丽娜把未婚夫马塞托置之一旁不管,正当唐璜快要得逞的时候,埃尔维拉出现并营救了采丽娜。对采丽娜不死心的唐璜,又在一次舞会中邀请她与马塞托前来,当舞会正热闹的时候,唐璜又施计把采丽娜带入别的房间。可是采丽娜大声呼救,以致事情败露,戴着假面具潜入舞会的安娜、埃尔维拉与奥塔维奥,三人闻声一起逼近唐璜。此后,唐璜又把埃尔维拉的侍女看成猎物。他要莱波雷洛穿上自己的衣服引开埃尔维拉,自己再打扮成莱波雷洛的样子,唱出引诱埃尔维拉侍女的小夜曲。这时候马塞托带着人马前来复仇,反而被唐璜击垮。另一方面,打扮成唐璜的莱波雷洛则原形毕露,被大家臭骂一顿。夜里,由莱波雷洛陪伴来到墓地的唐璜,发现竖在这里的骑士长石像竟会说话而大吃一惊,但他依然邀请石像共进晚餐。正当唐璜用餐的时候,埃尔维拉来到,她央求唐璜回心转意。唐璜无动于衷,就在埃尔维拉打算离去的时候,石像开始说话。它要求唐璜悔改,唐璜不肯,石像盛怒拉住唐璜将他拖下地狱。最后,在众人一同唱出各自感想的歌声中落幕。

《费加罗的婚礼》在布拉格大获成功的机缘下,莫扎特又受

莫扎特第一次公开弹奏《唐璜》的情景。柯尔尼利埃特(Alfred Cornilliet)所作的木刻版画。

托为布拉格写作新的歌剧。《唐璜》就是这样诞生的作品,他根据唐璜的传说写成,剧本同样由《费加罗的婚礼》中的达·蓬特编剧。首演时由莫扎特亲自指挥,1787年10月29日在布拉格举行,继《费加罗的婚礼》之后连续大获成功。

这是一出"诙谐剧"(Drama giocoso),属于喜歌剧(Opera buffa),却显示出远超过喜歌剧领域的特质。换言之,在具有喜歌剧之明朗特征的同时,也激烈反映出晦暗的情欲,以及力行诡异战栗的悲剧场面。此种使明暗世界交错起伏变化,并用一贯戏剧性张力所表现出来的莫扎特音乐,委实洋溢着天才所具有的敏锐灵感。

从序曲开始,就显露出此出歌剧的特质。其中序奏的悲剧性,便与轻快明朗的主部形成对比。该序奏的诡异音乐,虽采自石像参加晚宴的场面而来,但这种由黑暗深渊逐渐转入快活明朗气氛的多样表现,莫扎特却以写实乃至象征的手法描绘出来。譬如莱波雷洛演唱的《目录之歌》,唐璜歌颂生命的《香槟之歌》,巧妙描写引诱过程的二重唱《那么手牵着手吧》,可怜的采丽娜演唱的《请你打我吧,马塞托》与《药师之歌》,以及第一幕终曲的张力,都显示莫扎特在作曲上的多样表现力。特别是唐娜·安娜与唐娜·埃尔维拉所演唱的各首咏叹调,不但表现出她们个别不同的性格,同时也美妙表现出身为女人的复杂感情(两人对唐璜都拥有爱与恨的情感)。而第一幕中舞会的场面,同时重叠许多音乐的大胆手法,更是值得注意的地方。在歌剧史上《唐璜》也可以说是一出稀有、独创,且令人惊叹的歌剧杰作。

《女人皆如此》
Cosi fan tutte

那不勒斯的青年士官古烈摩与费兰多,分别是费奥狄丽姬与多拉贝拉这对姐妹的未婚夫。两位青年极力赞扬他们的未婚妻是多么忠贞不渝，老哲学家唐·阿方索则主张女人的忠贞不可信，双方引发激烈争辩后下了赌注一试。双方约定，两位青年士官假装出征，然后化装成对方去引诱对方的情人，考验这对姊妹的爱情有多么坚贞。以为情人真的赴沙场作战的姐妹，正感到悲伤的时候，被阿方索收买加入计划的女仆德斯

由克力姆(Gustav Klimt)所绘的《维也纳老伯格剧院的观众》。莫扎特的《女人皆如此》于1790年元月在此初演。

皮娜出现,巧言怂恿这对姐妹接受别人的感情,但姐妹俩坚决不为所动。不久后,两位青年终于化装成阿尔巴尼亚人出场,各自互换对象开始向这对姐妹求爱。完全得不到这对姐妹青睐的两位青年,演起服毒自尽的假戏,让这对十分为难的姐妹发出同情之心。装扮成医生的德斯皮娜,假装让两位青年复活,他们的追求更加强烈,但姐妹俩依然顽强拒绝。青年们继续引诱追求,姐妹俩的心逐渐动摇起来。首先是古烈摩的追求赢得多拉贝拉的芳心,其后顽强的姐姐费奥狄丽姬也被费兰多说服。赌注获胜的阿方索开始唱出《女人皆如此》的曲题,两位青年也跟着重复唱出。正当两对新人准备结婚的时候,传来军队归来的消息,姐妹俩获悉原来情人归来十分着急。这时候两位青年恢复本来面目出场,指摘移情别恋的姐妹。后来,知道这一切是一场闹剧的姐妹大发雷霆,最后大家言归于好,在彼此交换真爱誓言的庆贺声中落幕。

莫扎特在1789年8月于维也纳重新演出《费加罗的婚礼》。此出《女人皆如此》就是在此契机下受皇帝约瑟夫二世委托而作的,这对当时贫穷的莫扎特而言,是一个求之不得的机会。剧本由达·蓬特编写,作曲约在同年中完成,次年1月举行首演,当时不但皇帝因病未能出席,在演出五场之后,更因皇帝驾崩而被迫中断演出。如此一般,此出歌剧并未带给莫扎特太大的利益,而且一直到19世纪为止,本歌剧还因为故事内容违反道德观念,长久处在被贬抑的地位。

但事实上，正是因为此种故事内容，以及达·蓬特的杰出编剧，才得以使莫扎特写出如此洋溢人性的美妙音乐。圆熟的创作风格，将人在喜怒哀乐之间动摇的真实感情微妙地反映出来。

《魔笛》
Die Zauberflote

背景在埃及。王子塔米诺遭巨蟒袭击，被夜之女王的三位侍女解救。夜之女士请求塔米诺帮她救出落入魔王萨拉斯特罗手中的女儿帕米娜。于是让捕鸟人巴巴凯诺伴随他前往，夜之女王给了塔米诺一枝魔笛，给了巴巴凯诺一个魔铃以防危险。进入萨拉斯特罗领地的巴巴凯诺，救出被捕头莫诺斯塔托斯玩弄的帕米娜，带着她先逃走。而被三位童子带领来到萨拉斯特罗神殿的塔米诺，从辩者的口中得知萨拉斯特罗是位德高望重的高僧，而夜之女王才是真正的坏人。这时巴巴凯诺与帕米娜正被莫诺斯塔托斯一行人追捕，巴巴凯诺摇动魔铃脱险。这时候萨拉斯特罗率众出现，见塔米诺与帕米娜互相爱慕，就告诉他们说，想得到幸福的爱情必须接受层层试炼。严格试炼开始了。塔米诺接受沉默不语的考验，帕米娜误以为塔米诺对她的爱已经冷淡而暗自悲伤。而被考验结束的巴巴凯诺，喝下一杯葡萄酒后，可爱的帕帕盖娜出现在他面前，但因时机尚未成熟两人暂时被强制分手。以为被塔米诺抛弃的帕

在《魔笛》中，捕鸟人帕帕盖诺为补偿自己的过失，为塔米诺和帕米娜这对恋人的结合奉献心力。

米娜则企图自杀，被三童子所救，并告诉她这是一场误会，然后将她带到塔米诺的身边。于是两人一起接受水与火的试炼，靠着魔笛的法力两人克服了一切困难。而失去帕帕盖娜的巴巴凯诺也想自杀了事，这时三童子出现叫他摇动魔铃，果然帕帕盖娜就在这时候出现与他相拥。夜之女王与她的侍女，还有莫诺斯塔托斯等人则一起坠入地狱，最后萨拉斯特罗祝福塔米诺与帕米娜，全剧在众人赞扬神明的歌声中落幕。

此出歌剧是莫扎特晚年的最后作品，是受维也纳的威登剧院的团长斯齐卡内德(J. E. Schikaneder)委托而写的，是一出德文插话式轻歌剧(Singspiel)。换言之，就是为该图大众化走向而写的歌剧，剧本是由演员兼编剧家的斯齐卡内德亲自撰写，莫扎特也从他那里分配到自己的作曲室，从1791年春天开始创作。夏天因写作《狄托的仁慈》而暂时中断作曲，后于9月完成本剧，9月30日由莫扎特亲自指挥举行首演，大获成功。

本作品乍见下，故事虽然荒唐无稽，但内容上却拥有无比丰富的多样性与深奥性，而且还兼具大众化戏剧中童话故事的趣味，以及崇高而严肃的神秘感。本剧就是在此种相对复杂交错的世界中，隐藏着各种象征性的含义。尤其是剧中标榜的崇高意义，与"共济会"的思想有关。莫扎特与斯齐卡内德原都是宗教结社"共济会"的会员，在此出歌剧中，便以各种形式注入了这一宗教团体的博爱思想。

莫扎特的音乐，也以多样的卓越风格表现出故事中的多面性格。譬如共济会的神秘性，在歌剧中就经常以巴洛克音乐象征性地表现出来，即使在吵闹的场面里，这出歌剧的音乐仍然保有莫扎特晚年清澈高洁的艺术性。莫扎特本人也特别喜爱这一作品，据说在垂死的病榻上还低声哼唱着这出歌剧的曲调呢。

《狄托的仁慈》
La clemenza di Tito

背景是1世纪的罗马。先皇的女儿维特莉亚爱上现任皇帝狄托，但皇帝却无视于她的存在，失望的维特莉亚于是想利用深爱着她的塞斯特(皇帝的忠臣)暗杀皇帝。特别是当皇帝选上塞斯特的妹妹赛维莉亚为后时,她更加嫉妒,催促塞斯特赶紧实行暗杀行动。但当皇帝获悉赛维莉亚与忠臣安尼欧(塞斯特的朋友)彼此相爱时,立即成全他们,另外指名维特莉亚为后。维特莉亚慌张地想要停止暗杀计划,但为时已晚,塞斯特已抢先行动,这时候卡比特山丘上的皇宫已被暗杀之火包围。一场大火后,皇帝安然无恙。被捕的塞斯特俯首认罪,且不肯透露幕后的真正主谋者就是自己所爱的维特莉亚。元老院宣判他死罪,想营救忠臣的皇帝,亲自要求塞斯特说出事情真相,但塞斯特不为所动。获悉此事的维特莉亚十分悔恨,就在执行死刑的竞技场上,当众宣布自己才是真正的主谋者,使皇帝与在场的人们大吃一惊。但仁慈的皇帝宽恕了一切,歌剧就在同声赞颂皇帝慈悲的合唱声中落幕。

莫扎特晚年的这一作品,是为了1791年9月在布拉格举行的、奥地利新皇帝雷波特二世就任波希米亚王的庆典而写的。也就是以古代罗马宅心仁厚的皇帝狄托(拉丁名是Titus)的故事为内容写成的庄歌剧。受托写作时已进入7月,剧本由马左拉根据美塔斯塔乔的原著,配合当时的时代趣味大幅改写而成,莫扎特则在《魔笛》的忙碌作曲中,以极快的速度抽空写作此出新歌剧,部分朗诵调则委托弟子(可能是朱斯麦亚)来写,为赶上9月6日的庆典全力赶工完成。

或许是赶工的关系,这出歌剧过去一直受到不当的低评价。当时所谓的庄歌剧(Opera seria)已经落伍,给人格格不入的印象也是原因之一。不过,从莫扎特的音乐中,则具有不同于喜歌剧的独特魅力。换言之,莫扎特是在庄严风格的静态运行中,逼真表现出剧中人物的性格与情绪,这样的音乐不但显露了莫扎特晚年独特的音乐透明感与圆熟的创作技巧,更散发出莫扎特独特高尚的光芒。如此优美的特质,恐怕只有深知个中道理的音乐家,才能充分将其表现出来。

贝多芬 (1770—1827)

Beethoven, Ludwig van

《菲德里奥》
Fidelio

这是贝多芬惟一的歌剧作品。全剧共两幕。

年轻的狱卒亚基诺,喜欢上牢头罗可的女儿玛尔切利娜,于是走近正在收拾衣物的她,向她求婚,但玛尔切利娜却始终不加理睬,因为她刚刚喜欢上一位英俊男子,他是罗可的助手菲德里奥。碰壁的亚基诺悻悻地离去时,玛尔切利娜一边怜悯亚基诺的心情,一边唱着对菲德里奥的爱慕:"啊,但愿能和你在一起。"就在这时候,父亲罗可出现了,询问女儿菲德里奥怎么还没回来,这时菲德里奥背着一包锁链走了进来。罗可赞美菲德里奥工作勤快,暗示要把女儿嫁给他。这使女扮男装潜入监狱、为救出政治犯丈夫而化名菲德里奥的雷欧诺蕾,感到十分尴尬。雷欧诺蕾为了知道丈夫是否安然无恙,要求罗可让她巡视秘密地牢,罗可在其请求下终于答应。菲德里奥与玛尔切利娜离去后,传来了进行曲乐声,典狱长皮查洛出现,他得知总理费兰多可能会来视察,生怕自己所做的坏事会被抖出来,决心先除掉被陷害而关在地牢的富罗雷斯坦。于是他把罗可叫到身边,给他一包金币,要他去杀害富罗雷斯坦,但罗可犹豫不决,表明自己不敢下此毒手,皮查洛只好决定亲自下手,并命令罗可立刻挖一个墓穴。听到这一阴谋的雷欧诺蕾,激动地唱出:"恶棍!你急着往哪里去?"她回忆起过去和丈夫美满幸福的日子心中重获勇气,唱出优美的抒情调。于是,她向罗可提议,为了囚犯的健康,应该偶尔让囚犯出来透透气,起初不肯答应的罗可,终于拗不过雷欧诺蕾的建议,答应让囚犯走出牢房。久久未见阳光的囚犯们,欣喜合唱出"多么快乐,这自由的空气"。得知此事的典狱长愤怒地出现,把囚犯一一赶回牢房,并命令罗可继续进行挖墓穴的工作。

被锁链铐住的富罗雷斯坦,独自坐在石床上,悲叹自己不幸的命运,唱着:"神啊,这里是多么黑暗。"不久后,罗可与菲德里奥走下地牢。雷欧诺蕾虽然给了消瘦的富罗雷斯坦酒和面包,但富罗雷斯坦并未发现这位好心的青年就是他的妻子雷欧诺蕾。墓穴挖好后,罗可叫雷欧诺蕾躲到暗处,吹笛向典狱长传送信号。当手持短剑的皮查洛,向慌张的富罗雷斯坦逼近时,雷欧诺蕾突然带着手枪冲到两人中间喊道:"要杀,先杀他的妻子。"罗可与皮查洛同时惊叫:"妻子?"富罗雷斯坦也大吃一惊。当皮查洛想将他们夫妇一起杀害时,突然响起总理驾到的号角,亚基诺与士兵们带着通告催促皮查洛出来迎接总理。这时富罗雷斯坦与雷欧诺蕾欢喜重逢,相拥唱出"难以言喻的快乐"。

在监狱的广场,被解放的囚犯们以赞美总理的合唱迎接总理到来。这时候，罗可也带着富罗雷斯坦与雷欧诺蕾一起出现，当总理看到原以为死亡的富罗雷斯坦时，又惊又喜。知道事情经过的总理，下令逮捕典狱长，歌剧就在众人歌颂雷欧诺蕾的英勇行为与爱的胜利的壮丽合唱声中落幕。

韦伯　（1786—1826）

Weber, Carl Maria von

《魔弹射手》
Der Freischutz

　　《魔弹射手》是早期德国浪漫主义的经典作品,它的问世不仅在歌剧史或德国文化史上,都是一件大事。韦伯对于题材的选择及形成意义的注重,支配了整部歌剧的歌唱部分,精确地描绘出神秘、超自然的世界。掀起德国人对神秘、梦幻般情境的憧憬。此剧在1821年于柏林首演。

　　为第二天的射击大赛热身的预备赛中,被誉为神射手的年轻猎人马克斯,不知为何,非常不顺利地败给了农夫基里安(Kilian)。如果不能在第二天的大赛赢得优胜,就失去与情人阿嘉特结婚的资格。按照此地的惯例,护林官是由最优秀的射手继任,阿嘉特就是现任护林官库诺的女儿。正当大家嘲笑沮丧的马克斯时,库诺出现,听说马克斯今天一发子弹都没命中,就鼓励他提起精神,千万不要在明天输掉了情人。众人离开后,剩下马克斯一人,他唱出《越过森林,穿过原野》,回忆起他跟阿嘉特的爱情与现在不安的心情。这时猎人朋友卡斯帕出现,他告诉马克斯说,如果想得到百发百中的魔弹,今晚午夜十二点整一定要到狼谷见面。其实卡斯帕已将自己的灵魂出卖给魔王萨密耶尔，若在明天之前未找到新的替死鬼，自己将丧失生命。起初不太相信的马克斯，看到卡斯帕现场表演后，想起阿嘉特便禁不起诱惑答应前去，卡斯帕暗自窃喜。

　　阿嘉特与表姐安芬，正在家里等待情人马克斯的到来，可是先前挂在墙上的祖先画像却突然掉落在地上，使阿嘉特感到这是个不祥的预兆。安芬唱出《当英勇的青年来到时》安慰

一幅描绘《魔弹射手》场景的版画。

阿嘉特后,径自走入卧房。独自留下的阿嘉特唱出思念马克斯的情歌《我怎能入睡》。不久后马克斯出现,谎称要到狼谷带回一只被他射中的山鹿,马克斯不听阿嘉特的劝告,转身向门外走去。场面一转,变成可怕阴森的狼谷。准备制造魔弹的卡斯帕叫出魔王萨密耶尔,说他已经找到新的替死鬼,要求萨密耶尔延长他的寿命,然后获得允许制造魔弹。萨密耶尔说,前六发的魔弹可以让射手随心所欲射中目标,最后的第七发完全得靠自己。卡斯帕要求让第七发射中阿嘉特,但萨密耶尔却回说,明天的牺牲者不是马克斯就是你,说完便消失无踪。不久后,马克斯提起无比勇气来到这令人毛骨悚然的狼谷,然后开始与卡斯帕一起制造魔弹。做完七颗魔弹后,两人已瘫痪倒在地上。

　　射击大赛当日。在森林中,马克斯把自己分到的四颗魔弹用掉三颗,然后向卡斯帕要求再分他一颗被拒。马克斯走后,卡斯帕为了不让自己所剩的一颗魔弹变成最后一颗,就随意举枪把它打掉。这时在阿嘉特的房间里,穿着纯白新娘礼服的阿嘉特,做了一个不祥之梦,心里感到非常不安,安芬虽过来安慰她,但此时运来的婚礼用花冠,打开一看却变成葬礼用花冠。花容失色的阿嘉特,只好拿出森林隐士赠送给她的白玫瑰插在头上。不久后射击大赛正式展开,领主奥托卡下令要马克斯用最后的魔弹射下树上的白鸽时,阿嘉特突然跑出来喊叫"不要射击"。但为时已晚,马克斯弹已射出,阿嘉特应声倒地,幸好被神圣的白玫瑰挡住,魔弹反回来却射中了躲在树阴下的卡斯帕。领主要求说明事情真相,觉醒的马克斯一五一十认罪,被判驱逐出境。众人在领主面前祈求宽恕马克斯与阿嘉特。这时森林隐士出现,提议给马克斯一年的宽限。领主遵照这位圣者的意思,允许一年后的马克斯如果改正行为,可以和阿嘉特举行婚礼。众人为这宽大的处置欢欣鼓舞,一同感谢上苍。

Rossini, Gioacchino

《阿尔及尔的意大利女郎》
L'italiana in Algeri

　　总督穆斯塔法虽有了美丽贤淑的妻子埃尔维拉，但仍不改风流本性，准备把自己的妻子赏给意大利的年轻奴隶林德罗，并命令海盗首领哈利，把传说中美如天仙的意大利姑娘弄到手。实际上林德罗在意大利家乡已有一位情人伊莎贝拉，当他获悉总督的好意之后非常困惑。不过，在这个国度里，违反总督命令者皆会被处以烙刑。不久后，海盗们带来了从触礁船抢来的财宝与一群奴隶，其中有一位美女，他就是林德罗留在意大利的情人伊莎贝拉。海盗们相信这美女一定可以成为总督的最佳礼物而高兴万分。伊莎贝拉则对自己为找寻行踪不明的情人林德罗，乘船出海却不幸遭遇大风浪而漂流异国海边，又变成海盗的俘虏而悲叹。伊莎贝拉身边老是跟着一个假装是监护人模样，却胆小如鼠的意大利人塔德欧，哈利想把他赶走，他却谎称是伊莎贝拉的叔父，被一起带到宫殿。

　　总督看到被带来的伊莎贝拉，马上一见钟情，伊莎贝拉看到总督好色的模样，心里开始盘算如何脱逃。这时林德罗跟埃尔维拉与其侍女兹儿玛一起登场，这意外的重逢使林德罗与伊莎贝拉非常讶异,但机智的两人仍假装是陌生人,伊莎贝拉趁总督迷恋她时,要求他抛弃妻子,并让林德罗充当自己的奴隶。

泰丽莎·伯冈札在《阿尔及尔的意大利女郎》中的剧照。

伊莎贝拉独自悲叹命运的捉弄时,林德罗走了进来。过去伊莎贝拉一直以为自己被林德罗抛弃,如今看到他被掳来当奴隶,才恍然大悟,放下心来。两人再度倾诉不变的爱情后,开始计划如何逃跑。另一方面,被任命为总督侍从长的塔德欧穿上奇异服装,受总督之命撮合总督和伊莎贝拉的婚事,但一副伊莎贝拉监护人模样的塔德欧,心里并不愿意。

伊莎贝拉鼓励埃尔维拉要坚强,唱出《为了所爱的他》。焦急的总督命令塔德欧说,当我以喷嚏做信号时,得把所有的人带走,然后与伊莎贝拉喝起咖啡,伊莎贝拉则邀来埃尔维拉共饮。不停地打喷嚏的总督,眼见没人离席而暴跳如雷。

因掳获伊莎贝拉而趾高气扬的哈利,得意扬扬地唱出《意大利的女人们》后退场,接着由伊莎贝拉与林德罗上场,他们建议总督加入"在意大利可以吃喝玩乐,让女人着迷的巴巴塔齐(Pappataci)秘密社团",总督不疑有诈,立即要申请入会。

伊莎贝拉把所有意大利人奴隶全部带来,激励他们唱出《回忆祖国的荣光》,然后开始迎接总督,正式举行"巴巴塔齐"的入会仪式。这时候,换上奇特"巴巴塔齐"会员制服的总督,遵照仪规只能默默与部下们一起吃喝。这时林德罗准备的船已开到岸边,伊莎贝拉与林德罗马上率众登入船内。此时才知道伊莎贝拉与林德罗是情侣的塔德欧,跑去通告总督。当总督下令官兵前去捉拿时,才发现官兵们已个个酩酊大醉,无力起身。塔德欧眼见船只已经开动,也慌忙跳入船内,绝望的总督后悔莫及,再度回到妻子埃尔维拉身旁。

《辛蒂蕾拉》

La Cenerentola(*Cinderella*)

　　这是根据佩罗(Charles Perrault)的著名童话写成的歌剧，但原童话中出现的玻璃鞋在此变成了手镯。本剧巧妙融合了喜歌剧与庄歌剧。

　　落魄的男爵唐·马尼费可有三位亭亭玉立的女儿，姐姐克洛琳达与蒂丝贝被当做心肝宝贝，同父异母的小妹，也就是被称为辛蒂蕾拉(灰姑娘)的安杰莉娜，则受虐被当做女佣一般使唤。唱歌是她最大的安慰，当她唱着最喜欢的歌曲《从前有一位国王》时，也常常遭到两个姐姐的白眼。这时候有一个乞丐前来敲门，他是沙雷诺(Salerno)的王子唐·拉密罗的监护人阿里德罗，由于王子正出外寻找新娘，他特地乔装成乞丐四处寻找合适的新娘。两位姐姐看到肮脏的乞丐就想把他赶走，但妹妹辛蒂蕾拉却偷偷给他食物和饮料，还遭到两个姐姐的斥骂。这时朝臣们上场，宣布将邀请姑娘们来参加王子的选妃晚会。两个姐姐大为欢喜，开始打扮穿着，男爵听到女儿们的报告后，认为这正是挽回家道颓势的大好机会，吩咐女儿们赶紧准备。不久后，王子唐·拉密罗与家臣唐帝尼交换衣服，乔装成王子的侍从上场，当辛蒂蕾拉接触到王子温柔的目光时，手上的咖啡杯不经意掉落下来。王子趋前捡起摔破的杯子，亲切地安慰她，并聆听辛蒂蕾拉细说辛酸的身世，不知不觉中两人已经产生爱的火花。而打扮成王子的唐帝尼，一边唱着"好像四月的蜜蜂"，一边以十足王子的架势带着两个姐姐走进皇宫。在此之前，对王子的侍从心怀好感的辛蒂蕾拉，也向男爵请求让她前往皇宫一小时，但得不到允许。这时穿上宫廷朝服的阿里德罗上场，向男爵询问说："你不是有三位女儿吗？"男爵回说："第三位女儿已经死了。"阿里德罗便又穿上乞丐衣服出现，安慰单独留下的辛蒂蕾拉说："好心有好报。"然后把她带到皇宫。已经熟练王子架势的唐帝尼，任命男爵为皇家酒窖管理人，在一旁的姐妹俩，为争夺皇妃宝座，围着假王子争吵起来。真假两位王子，开始评选前来参加晚会的姑娘们，当唐帝尼宣布姐妹俩不合格时，阿里德罗引领戴着面纱的辛蒂蕾拉来到。当她取下面纱时，无论面貌、声音皆与家里的妹妹一模一样，使得两位姐姐与伯爵都感到非常吃惊，此时仍穿着家臣衣服的王子，一眼就看出她是辛蒂蕾拉，两人的心扑通扑通直跳。

男爵虽为意想不到的竞争对手出现而感到不安，但依然想成为王子的岳父，唱出"无论哪一位女儿坐上宝座"后退场。接着由真假两位王子与辛蒂蕾拉一起上场。唐帝尼假装向辛蒂蕾拉求婚，她婉拒说："我已爱上你的侍从"，王子非常感动，立即趋前向她求婚。但辛蒂蕾拉却取下一只手镯交给王子说"当你找到戴着一模一样手镯的我，还喜欢我的时候，我就答应你"之后便跑掉了。王子发誓"一定要找到她"后，差人准备马车。坐立不安的男爵，向唐帝尼询问"哪一位女儿被选上"时，唐帝尼表白自己只是王子的替身而已，男爵气得发火。当男爵与两个姐姐一起回到家时，看到辛蒂蕾拉一如往常地在家工作就放下心来。这时外面突然风雨交加，家门前有马车翻倒，王子与唐帝尼入内避雨。辛蒂蕾拉这才恍然大悟，原来信以为是家臣的人竟是王子。王子找出戴着手镯的姑娘，将她带回皇宫。婚礼正式举行，继祝贺的合唱之后，男爵与两个姐姐对过去的行为表示歉意，辛蒂蕾拉反而亲切安慰他们，一边唱出"我在怨恨与悲伤中长大"，然后与王子手牵手登上宝座。

《赛米拉密德》
Semiramide

后半辈子都在巴黎度过的罗西尼，根据沃尔泰（Voltaire）在意大利创作的最后一部作品，可以说是18世纪庄歌剧集大成的名作。

拜火教的祭司长奥罗耶，向神祷告后，打开大门让巴比伦的民众进来参拜。在群众的欢呼声中，皇后赛米拉密德登场，因前王尼诺遭叛徒杀害身亡，群众要求皇后指定王位继承人，当她要开口宣布时，突然雷电交加，轰隆巨响，祭坛的圣火瞬时熄灭，人们惊慌争相逃离神殿。这时从沙场被皇后召回的亚述军指挥官阿萨杰登场，唱着对公主阿瑟玛的爱慕之心。阿萨杰从奥罗耶那里得知，前王尼诺是遭背叛者毒杀身亡。尼诺与赛米拉密德原生有一位王子尼涅，但尼涅现在行踪不明，因此约定谁娶了原先许配给尼涅的阿瑟玛公主，谁就得到国王宝座。这时除了印度王子伊德雷诺对阿瑟玛示爱之外，巴尔的贵族阿舒尔也起了邪念想与阿瑟玛结婚而取得王位。分别自称深爱阿瑟玛的阿萨杰与阿舒尔，两人卷入嫉妒的旋涡。另一方面，曾经暗恋阿萨杰的皇后赛米拉密德，听到阿萨杰回来后，非常高兴地唱出"艳丽的光芒在诱惑"。这时阿萨杰出现在皇后面前，请求皇后不要将阿瑟玛公主嫁给阿舒尔，并宣誓效忠皇后，赛米拉密德误以为这是向自己示爱，而阿萨杰也误会皇后是默许他跟阿瑟玛结婚，自己高兴唱起歌来。皇宫大厅中，皇后向众人宣布说，阿萨杰即将成为她的丈夫，并继承王位，阿瑟玛即将与印度王子伊德雷诺结婚。阿萨杰无比惊讶，阿舒尔则愤怒万分。刹那间雷电交加，从后方前王的坟墓中出现尼诺的亡魂，命令阿萨杰说"在你成为国王之前必须先杀了叛徒"，说罢便消失无踪。

无望成为国王的阿舒尔，向皇后请求补偿，双方发生了激烈争吵。满脑子权势欲望的阿舒尔，见国王与皇后感情不和，就唆使赛米拉密德让国王喝下她所准备的毒药，然后向皇后逼婚，但皇后说"像你这样的叛徒没有资格当国王"加以拒绝，于是他才计划与公主阿瑟玛结婚夺取王位。另一方面，祭司长奥罗耶拿了一堆文件，证明阿萨杰才是尼诺与赛米拉密德之间所生的王子尼涅，这些文件就是前王尼诺的遗书。上面写着，杀害尼诺的是阿舒尔，皇后也是共犯，为避免王子遭殃才让他逃到国外。这时奥罗耶与祭司们异口同声要求阿萨杰替尼诺王报仇,但阿萨杰说,阿舒尔一定要杀,但皇后是他的母亲,万万不可,于是唱出"悲惨的灾祸",走向赛米拉密德的寝室。从未想到阿萨杰竟是自己儿子的赛米拉密德,看到阿萨杰冷淡的态度觉得奇怪,阿萨杰无奈地拿出父王的遗书给她看,赛米拉密德吓了一跳,害怕阿萨杰要为父王报仇。但阿萨杰却庆幸能与母亲重逢,最后为了与阿舒尔决斗向母亲告别。另一方面,被指责为叛徒的阿舒尔,因为无法得到王位而陷入半错乱状态,来到前王墓前的阿萨杰与阿舒尔,在一片漆黑中互相搜寻对方。这时赛米拉密德也来到亡夫墓前,祈求儿子平安无事,突然间奥罗耶喊出"攻击",阿萨杰立即挥剑一击,赛米拉密德应声倒地,阿舒尔被士兵逮捕,阿萨杰在茫然之中,被封为新王,受到祭司与民众们的祝福。

《威廉·退尔》
Guillaume Tell(William Tell)

这是罗西尼38岁时根据德国文豪席勒 (Friedrich von Schiller)的戏曲写成的大歌剧作品。

背景是瑞士受到奥地利哈普斯堡家统治时期,在坏蛋总督杰斯勒的暴政下,民不聊生,民众间正酝酿一股反抗与独立的势力。

村里热闹地举行牧羊人的祭典,长老梅克塔为三对新人主持婚礼。

梅克塔有一位在奥军警备队服务的儿子阿诺，某日他解救了遭雪崩袭击的哈普斯堡家的公主玛蒂德，两人尽管身份悬殊，却因此萌生爱情。夹在祖国与统治者之间而进退维谷的阿诺，没有勇气向任何人表明心事，父亲也感觉出儿子郁郁寡欢。这时老牧羊人鲁多德跑来求助说，他杀了一位想强暴他女儿的奥地利士兵，勇敢的爱国者威廉·退尔立即拖出小船冒着被急流冲走的危险带他逃离现场。追来的士兵发现犯人已经逃走，气愤之下逮捕了梅克塔离去。

黄昏时刻，猎人们下山回家后，玛蒂德登场，唱出"黑暗的森林"，然后与迟到的阿诺互诉情衷。这时他们发现有人来到，玛蒂德先行退场，出现的威廉·退尔与华尔特，纷纷向阿诺灌输对祖国的爱，但阿诺却回说爱情胜过祖国，这时威廉·退尔不得已才说出他的父亲已被杰斯勒的部下逮捕杀害。阿诺恍然大悟，发誓为祖国与父亲复仇。夜晚时刻，来自瑞士各地的爱国志士会合结成同盟（历史上著名的"瑞士同盟"），同声高喊打倒杰斯勒。

阿诺告诉来此相会的玛蒂德说，他的父亲已被杰斯勒的部下杀害，为了复仇，他坚持留在此地，玛蒂德听完后十分悲伤。广场上正举行奥地利统治瑞士百年庆典，杰斯勒把自己的帽子挂在广场中央的柱子上，强迫民众对帽子行礼。这时带着儿子杰米走过的威廉·退尔，对帽子视若无睹，被杰斯勒逮捕，没收了他身上佩带的弓箭。这时听说威廉·退尔是神箭手的杰斯勒,下令要他用箭射落儿子头上的苹果。起初拒绝的威廉·退尔,受到深信其本领的儿子鼓励后,向神明祷告,感动地对儿子唱出"千万不要动",然后举箭射出,果然一箭射穿苹果,民众立即高声欢呼,威廉·退尔高兴地趋前抱住儿子。但这时候,杰斯勒却发现威廉·退尔另外暗藏一枝箭,经盘问后,威廉·退尔直言不讳地说,如果第一箭失败,第二箭将射杀杰斯勒。杰斯勒闻言大怒,再度逮捕两人。这时玛蒂德赶来,领走了杰米,只剩威廉·退尔一人被杰斯勒的部下押走。

阿诺悲叹唱出"令人流泪的爱之家",发誓为父报仇,并与爱国志士誓言救回被捕的威廉·退尔。这时威廉·退尔的妻子海德威洁听说丈夫与儿子被捕十分伤心,坚持要前往求见杰斯勒,妇女们纷纷安慰她的时候,玛蒂德带着杰米来到。突然间发生激烈的暴风雨,人们在汹涌的波涛中发现护送威廉·退尔的船只,等船只靠近岸边时,威廉·退尔突然挨近岩石滩,接过杰米交给他的弓箭,瞄准逼近他们的杰斯勒,一箭射出,杰斯勒应声掉入湖中。众人与攻陷城堡的爱国志士会合,一起高声欢呼,天空中已透出自由瑞士自由的美丽晨光。

《塞维利亚的理发师》

Il barbiere di Seviglia

阿尔玛维瓦伯爵对医生巴尔托洛所监护的姑娘罗西娜一见钟情,乔装成学生,带领一群乐师来到罗西娜的窗下唱起求爱的小夜曲,但得不到任何回音。与乐师们错身的理发师费加罗登场,得意唱出《我是城里的管家婆》。认识费加罗的伯爵,知道费加罗经常出入巴尔托洛家,立即请求他帮忙撮合这件好事,让他能早日娶到罗西娜。另一方面,爱吃醋又毫不知羞的巴尔托洛,竟也想与罗西娜结婚。罗西娜从窗户丢下写着想知道姓名与身份的字条时,巴尔托洛马上疑心跑下来捡拾,不料被后面的伯爵捡到并溜掉。巴尔托洛一气之下把大门锁上外出而去。伯爵借来费加罗的吉他,唱出"我是贫穷的学生林多洛"。伯爵一高兴便给费加罗很多赏金,费加罗唱出"一看到钱我就有智慧",帮伯爵想了一个进入巴尔托洛家的方法,并说出自己的店址告别而去。

罗西娜一边写着给林多洛的信,一边以真挚的爱情唱出"我听到一缕歌声"。这时费加罗进来还来不及说话,巴尔托洛就从外头回来,费加罗赶紧躲起来。罗西娜的音乐老师唐·巴吉里奥接着来到,他告诉巴尔托洛说,爱上罗西娜的阿尔玛维瓦伯爵已经来到城里,如今只有制造谣言来赶走他,然后唱出"造谣像微风一般"。但巴尔托洛却急于跟罗西娜结婚,迅速跑去见公证人。躲在暗处听到一切的费加罗,很快向罗西娜说出林多洛的真心,并收下罗西娜所写的信回去。不久后回来的巴尔托洛怀疑刚才发生的事,但被罗西娜巧言骗过,巴尔托洛于是唱出"不要把我这样的医生看成傻瓜",表明要更加严格监管她。这时传来敲门的声音,乔装成酒醉军官的伯爵登场,他拿出借宿命令,说明要把这里当做宿舍,巴尔托洛立即拿出借

罗西尼最著名的谐歌剧《塞维利亚的理发师》的一幕。

宿豁免证想要赶走军官,伯爵立即将豁免证撕破,暗中把一封信交给刚好出现的罗西娜。看到军官接近罗西娜,巴尔托洛发怒,军官则拔剑相向,在一场混战中,巴吉里奥与费加罗,还有警卫队士兵纷纷赶来。当警卫队欲捉拿军官的时候,军官暗地出示证明,表明自己的伯爵身份,士兵们全部站着不动,大家看了目瞪口呆。

　　穿上神甫衣服的伯爵,自称是巴吉里奥的学生唐·阿隆索登场,他向巴尔托洛说,老师因为突然生病要我来代课。然后拉住想去探病的巴尔托洛，交给他一封今天早上罗西娜写给林多洛的信，借此想获得巴尔托洛的信任。罗西娜一眼就看出阿隆索就是林多洛，很高兴开始练起声乐，当巴尔托洛觉得无聊而睡着的时候，伯爵与罗西娜便窃语，互通爱情。这时费加罗依约前来为巴尔托洛剃胡子，他走进里面准备拿出洗脸盆，却故意弄坏餐具发出破碎声音，趁机拔出了阳台的钥匙。这时候生病的巴吉里奥突然出现，大家吓了一跳，伯爵立即拿出一袋小钱给他，把重病的人赶回去。费加罗开始为巴尔托洛剃胡子的时候，故意让他的眼睛看不到伯爵与罗西娜，这时候相爱的伯爵与罗西娜决意私奔，不料却被巴尔托洛听到，立即识破乔装的伯爵，在一阵骚动后，把伯爵与费加罗赶了出去。随后巴尔托洛拿出阿隆索带来的信给罗西娜看，说明林多洛要把她卖给伯爵，不知林多洛与伯爵是同一人的罗西娜后悔不已，马上答应嫁给巴尔托洛，这时候外面突然狂风暴雨大作。午夜，风雨平静下来，带着梯子与灯火的费加罗陪同伯爵悄悄潜入巴尔托洛家里。相信巴尔托洛之词的罗西娜谴责林多洛的不是，伯爵则表明自己的身份，冰释误解，这时巴吉里奥适时带来公证人，伯爵催促赶紧制作结婚证婚，等巴尔托洛回来时为时已晚，生米已煮成熟饭，歌剧就在大家的庆贺声中落幕。

唐尼采蒂 (1797—1848)

Donizetti, Gaetano

《拉美莫尔的露契亚》
Lucia di Lammermoor

　　这是唐尼采蒂的代表作。他的庄歌剧在进入20世纪后几乎全被遗忘，只有此出是例外，初演以来即被当做意大利歌剧名作，在歌剧史上保有不变的地位。原著是斯科特(Walter Scott，1771—1832)的小说《拉美莫尔的新娘》(*The Bride of Lammermoor*)，据说是取材自1669年发生在苏格兰的故事。

　　拉美莫尔的领主恩里克，从旧城主艾嘉多手中夺取了拉温斯乌德城堡，掌握了统治权。如今政情有了变化，危及他的地位，不得不把妹妹露契亚当做政策联姻的牺牲品。这时恩里克的心腹诺曼诺队长报告说，露契亚已经陷入情网，夜里都跟一名男子幽会。气愤的恩里克追问那名男子是谁，诺曼诺口说好像是宿敌艾嘉多，使恩里克更加暴怒。

　　这一晚，露契亚又在喷泉边等候情人。正当侍女讲着有关喷泉的古老传说时，艾嘉多出现了，表明了为了与她结婚，愿与恩里克和解。但了解哥哥脾气的露契亚，劝止了艾嘉多的想法，艾嘉多也发誓暂时逃往法国，两人互相交换爱情誓言，表示永不变心。

　　恩里克为了让露契亚答应政策联姻,不择手段,模仿笔迹写出艾嘉多表明自己已背叛露契亚的假信。露契亚悲伤痛苦之余,终于答应嫁给权贵派的阿杜罗,以拯救家人。

　　在结婚典礼上,正当露契亚与阿杜罗签下结婚证书时,艾嘉多突然闯进来。他指责露契亚变心,从露契亚手上拔下他以前送她的戒指,并丢在地上。恩里克与艾嘉多相约决斗,露契亚过度激动昏了过去。

　　狂风暴雨夜,正当艾嘉多孤独沉思自己的命运时,恩里克出现,两位宿敌相约在第二天黎明前,在拉温斯乌德的墓园(艾嘉多祖先墓园)决斗。

　　拉温斯乌德城堡内仍在举行婚礼宴会。在欢闹声中,家庭教师赖蒙多突然脸色苍白地跑了进来。他告诉大家说,新娘苦恼之余刺杀了新郎。这时候露契亚跟着出现,回忆起过去恩爱的日子,不禁感到十分彷徨,不久后便倒地气绝。

　　另一方面,艾嘉多依约来到墓园准备与恩里克决斗。如今他已看破一切。就在此时,从城堡走来葬礼行列。艾嘉多前去询问行列里的赖蒙多,究竟谁死了,听完赖蒙多的陈述后,艾嘉多知道一切的希望已化为乌有,便拔出短剑刺穿自己的胸膛,跟随心爱的露契亚离开人世。

《爱的甘醇》
L' elisir d' amore

这是唐尼采蒂35岁时的作品，在意大利喜歌剧中被誉为最高杰作之一。据说唐尼采蒂在两个星期内就完成了所有曲子。作品风格非常浪漫，完全有别于过去意大利的喜剧，初演以来就不断被搬上舞台演出。重要的是，全剧具有意大利"即兴喜剧"（Commedia dell' arte）的要素。

剧中赋予每个人物的咏叹调及二重唱，曲曲动听，尤其是奈莫里诺所唱的咏叹调《一滴隐涌的眼泪》，更可说是全意大利歌剧中屈指可数的男高音咏叹调。

村民们围绕在年轻貌美正在看书的地主女儿阿蒂娜身边，爱慕她的农村青年奈莫里诺，目不转睛地注视着她。阿蒂娜把所读的《特里斯坦与伊索尔德》的故事念给大家听。那正是《爱的甘醇》故事的情节，她说只要喝了这种药，醒来之后所看到的人都会喜欢上他。这时候恰好贝尔可莱中士带兵至此，看到阿蒂娜便一见钟情。众人离去后，奈莫里诺向阿蒂娜倾吐爱意。阿蒂娜内心暗自欢喜，表面上却装作不为所动。

乡村的广场上，来了一位卖药郎中杜卡马拉，向人兜售冒牌的"媚药"。奈莫里诺信以为真，立刻一口喝干整瓶的"爱情灵药"，实际上他喝的是廉价的葡萄酒。酒醉的奈莫里诺态度恶劣，致使气坏了的阿蒂娜答应贝尔可莱的求婚，但奈莫里诺却毫不在乎,他深信第二天药效产生后,阿蒂娜自然会回心转意。可是这时候却传来军队即将在第二天早晨调动的命令,阿蒂娜和贝尔可莱于是决定在当天完成婚礼。惊慌的奈莫里诺,要求阿蒂娜无论如何要把婚礼挪到第二天举行,把大家搞得糊里糊涂,莫名其妙。

结婚典礼正热闹地准备着,阿蒂娜与杜卡马拉联手唱出威尼斯老议员向船夫女儿求婚的有趣故事。计划失败,垂头丧气的奈莫里诺,想再向杜卡马拉买一瓶爱情灵药,但已身无分文。这时候旦科雷来到,劝他加入军队即可拿到金钱,奈莫里诺不得已签下契约,再度买了一瓶灵药喝下去。

正当奈莫里诺自我陶醉的时候,村里的姑娘们出现,纷纷向他奉承阿谀。实际上是因为奈莫里诺的富翁叔叔去世,他即将获得一笔巨额遗产的关系。卖药郎中杜卡马拉见状,以为假的"爱情灵药"真的奏效,大吃一惊。而阿蒂娜看到奈莫里诺与姑娘们相处的模样也感到惊讶,杜卡马拉告诉她说,奈莫里诺为了再买"爱情灵药"自愿当兵,阿蒂娜听了终于被奈莫里诺的真情所感动。她向贝尔可莱买回契约书,并放弃跟他结婚。贝尔可莱只好死心出发前往他处,以为灵药奏效的杜卡马拉也得意扬扬地赢得美人归,这对情侣在村民们的欢声下举行婚礼。

《军中女郎》

La fille du regiment

这是唐尼采蒂33岁正值旺盛时期的作品。以法国喜歌剧（Opera-Comique）的风格写成，所以是遵照台词来发展戏剧。但1840年10月在米兰斯卡拉歌剧院举行意大利首演时，台词的部分被改成朗诵调，所以意大利文版的演出胜过原来的法文版。此出歌剧也和《爱的甘醇》一样，是出强烈浪漫派牧歌剧，曲曲散发出法国喜歌剧风格的洗练之感。

村民们听到远方传来大炮声，纷纷感到不安。因战争不能旅行的伯肯费尔德侯爵夫人也被困在这里，不久后传来法军战败的消息，大家蜂拥回家，但这时候史毕齐欧中士却率领法军第二十一连队出现，村民们见状纷纷走避逃亡。继军队之后，酒保姑娘玛莉亚也跟着登场。她是幼年时被史毕齐欧在战场上捡到的女孩，如今长得亭亭玉立，成为连队宠爱的偶像。玛莉亚与史毕齐欧唱出称颂连队的二重唱。当大家都离去时，当地的提洛尔青年托尼欧出现。前些日子，他救了一位险些掉落断崖的姑娘，听说这位姑娘住在此一连队里。特地来此寻找。但因不见她的踪迹，只好掉头离开。玛莉亚与史毕齐欧再度出现，史毕齐欧看到活泼的玛莉亚不同往常的沉默，就探问原因。玛莉亚说，她已爱上前些日子在山上救她一命的提洛尔青年。就在这时候，一位在村庄徘徊被认为是间谍的青年，被连队士兵抓了进来。原来这位青年就是玛莉亚的救命恩人。听了玛莉亚的解释后，托尼欧立即被释放，两人开始倾诉彼此的思念之情。

另一方面，伯肯费尔德侯爵夫人向史毕齐欧说明，她的妹妹曾与法国军官生下一位女儿，自幼遗失，不知下落，现正到处寻找。史毕齐欧一听到夫人所提的名字，马上知道该名女子就是玛莉亚。夫人很快就安排好了要带回玛莉亚的事宜，玛莉亚就在大家的惜别声中离开连队。

盛装打扮的玛莉亚，在侯爵夫人的钢琴伴奏下练唱高尚艰难的乐曲，中途却使性发了脾气，使侯爵夫人吓呆了。因为玛莉亚并不习惯此种拘谨的生活。史毕齐欧也和玛莉亚一起离开连队，如今在这里担任管家，两人在这时候唱起了从前的连队之歌，吓坏了侯爵夫人。正当夫人打算将玛莉亚嫁给名门贵族的公子时，已经晋升队长的托尼欧，和连队一起来访，他向夫人表明希望与玛莉亚结婚被拒。夫人悄悄向史毕齐欧告白说，玛莉亚其实是她自己亲生的女儿。史毕齐欧了解真相后，也说服玛莉亚，终于答应夫人所推荐的婚姻。

正当社会名流聚集一堂，玛莉亚准备签下婚约时，托尼欧一伙人冲进来引发一场骚动。玛莉亚真情流露，讲述着自己和大伙一起成长的过程，受其真情感动的夫人，解除了婚约，答应让她嫁给托尼欧。众人高喊"法国万岁"，在大团圆中欢喜落幕。

《宠妃》
La favorite

　　这是唐尼采蒂为巴黎歌剧院而写，是出加入芭蕾舞演出的大歌剧（Grand opera）。首演时是以法文演出，但现在一般都采用意大利文上演。题材取自达尔诺（Baculard d' Arnaud）的戏曲《柯曼杰伯爵》（*Le comte de Comminges*），音乐则几乎全面转自未完的歌剧《尼西达的天使》（*L'ange de Nisida*）。

　　在修道士们依稀的祈祷声中，修道士费兰多向院长（他的父亲）巴达沙雷表白说，他爱上了一位星期天到礼拜堂来祈祷的美丽女子。由于思念之情非常强烈，父亲决定让费兰多离开修道院。

　　宫廷里的人聚集在景色怡人的海边，蕾欧诺拉的侍女伊内丝和其他侍女们在此嬉戏。他们正在等候费兰多到来。费兰多是应他的情人之邀来到此地。蕾欧诺拉原是国王阿方索的爱妾，但一直没有勇气向费兰多表明身份，于是决心跟他分手。就在这时候"国王驾到"，费兰多看她一定是地位很高的女性，决心赴沙场建立战功。

　　费兰多战胜伊斯兰军，受到国王激赏。但面对费兰多的蕾欧诺拉，却为自己的身份感到羞耻。这时候唐·嘉斯帕带来一封寄给蕾欧诺拉的情书。国王询问蕾欧诺拉这位男子是谁，蕾欧诺拉不肯回答。就在争执中，王后的父亲巴达沙雷出现，指责国王蔑视自己的女儿,迷上卑微的爱妾。国王恼羞成怒,巴达沙雷义愤填膺,朝臣们看到蕾欧诺拉受到整肃幸灾乐祸,在一片混乱声中结束第二幕。

费兰多凯旋归来,国王垂询他想得到什么奖赏,费兰多回说想要一位至今仍不知其名的情人。当国王知道这位情人就是蕾欧诺拉时,痛苦之余仍答应费兰多的请求。另一方面,终于可以和费兰多结婚的蕾欧诺拉虽然感到高兴,但也为自己是国王的情妇而感到羞耻懊恼。两人在举行过婚礼后,费兰多才发现妻子原来是国王的爱妾,在深切悲痛的绝望中,留下蕾欧诺拉离开了宫殿。

再度以修道士身份回来的费兰多,至今仍无法忘记蕾欧诺拉,而历尽千辛万苦,为了寻找费兰多的蕾欧诺拉筋疲力尽地出现在修道院,只为了求得费兰多的宽恕。发现蕾欧诺拉的费兰多,起初铁了心不予理会,但知道她对自己的爱是真心的以后,将她紧抱在怀里。蕾欧诺拉就静静躺在他怀里而逝。

《唐·帕斯夸莱先生》
Don Pasquale

在唐尼采蒂的喜歌剧作品中,以《爱的甘醇》、《军中女郎》和此出《唐·帕斯夸莱先生》最为出名,但在前两出歌剧洋溢着唐尼采蒂独特牧歌浪漫情趣的对比之下,这出《唐·帕斯夸莱先生》在意识上则沿袭传统的喜歌剧风格,尽管如此,剧中的音乐不但非常完美,咏叹调及重唱曲的处理也相当自由。特别值得一提的是,其朗诵调是用管弦乐伴奏而成,在传统风格的处理中,仍被视为是相当新颖的尝试。

老富翁帕斯夸莱,很早以前就想娶一位年轻貌美的女性为妻,这时候医生朋友马拉泰斯塔刚好到来,表示要介绍自己的妹妹给他认识,于是帕斯夸莱决定安排尽早见面。帕斯夸莱的侄儿艾伦斯特,与年轻寡妇诺莉娜相爱,但却遭到帕斯夸莱的反对而垂头丧气。帕斯夸莱说,如果他跟她结婚,就别想继承财产。

这时正在看书的诺莉娜,收到艾伦斯特寄来的信。绝望的艾伦斯特表示他即将离开这个城市。诺莉娜感到非常伤心,这时候马拉泰斯塔赶来,表明将设计让她与艾伦斯特结婚。他要诺莉娜假装成温柔的样子嫁给帕斯夸莱,但在一结婚后马上变成泼妇,让帕斯夸莱尝到不幸的婚姻生活,然后再借故使他同意让艾伦斯特与诺莉娜结婚。说好后,诺莉娜便假装自己是在修道院长大的天真女孩,两人勇敢地向帕斯夸莱的住处走去。

艾伦斯特唱出离开城市的悲情后,一个人孤零零地走了。盛装打扮的帕斯夸莱等待着马拉泰斯塔与新娘来访。帕斯夸莱对温柔可爱的诺莉娜一见钟情。马拉泰斯塔立刻叫来事前准备好的证婚人,开始举行结婚典礼。这时候艾伦斯特的出现引发一场骚动,但他在得知计谋后而加入演戏。结婚证书一签好后,诺莉娜立即变心,使帕斯夸莱看得目瞪口呆。在婚后的帕斯夸莱家里,仆人们津津乐道看着两位新人滑稽的婚姻生活。诺莉娜任意挥霍金钱,让困惑的帕斯夸莱瞠目而视,结婚第一天诺莉娜就表示要外出,立即引发言辞纷争,不久后帕斯夸莱就喊着要离婚。诺莉娜虽然良心有点受苛责的感觉,但仍向怒骂她的帕斯夸莱掴了一巴掌,并在离开的时候故意掉落一封她与艾伦斯特幽会的情书。看过情书吓了一跳的帕斯夸莱,立即找来马拉泰斯塔,商议如何至现场捉奸。

在夜晚的花园里,两位情侣假装互诉情衷的样子。当帕斯夸莱冲出来的时候,艾伦斯特机敏地躲了起来,让诺莉娜一人留在原地。气愤的帕斯夸莱宣布说要与诺莉娜离婚,并将全部财产送给艾伦斯特当做祝贺他与其情人的婚礼贺礼。话毕,艾伦斯特立即出现,表白这一切都是计谋,他的情人其实就是诺莉娜。仁慈的帕斯夸莱终于原谅大家,在一片欢庆声中快乐落幕。

《卡普列蒂家族和蒙太基家族》

I Capuleti e i Montecchi

　　1827年,歌剧《海盗》在斯卡拉歌剧院初演,获得划时代成功的贝利尼,年仅27岁一跃成为意大利歌剧界的新宠儿。而《卡普列蒂家族和蒙太基家族》,虽然是从另一出歌剧《札伊拉》转用了许多音乐,但因与浪漫的故事情节互相呼应,再度获得空前成功。这出歌剧就是取材自维罗纳自古流传的故事,并因莎士比亚的著名戏剧《罗密欧与朱丽叶》,而声名大噪,并广为人所知。

　　13世纪的维罗纳,教皇派的卡普列蒂家族与国王派的蒙太基家族是两个互相仇恨的世家。卡普列蒂家的儿子在上次战斗中,被敌方的罗密欧所杀,更加深了双方的仇意。家主卡佩里欧决定将女儿朱丽叶嫁给武将提巴多,但朱丽叶却私下与敌方的罗密欧相爱。正当大家为提巴多与朱丽叶的婚姻喜悦之际,罗密欧到卡佩里欧家求亲被拒,愤然离去。

　　朱丽叶感叹着不能与所爱的男人结婚,黯然神伤。这时候罗密欧出现,怂恿她一起私奔,朱丽叶犹豫不决。

婚礼宴会中，罗密欧打扮成随从模样出现，不久即被识破，并转变成一场战斗。罗密欧带着朱丽叶准备离去，却被卡普列蒂家的士兵挡下来，在一场混战中结束了第一幕。

正当朱丽叶焦急地观看战斗的情况时，家庭教师劳伦佐神甫出现，他告诉她罗密欧已经得救，而且他和罗密欧商讨过，只要你喝下这瓶密传睡药，就会假死，然后在墓园中苏醒过来，罗密欧就在那等着和你一起远走高飞。说完后，把药交给了朱丽叶。喝下药后朱丽叶如同死去一般。这时候父亲卡佩里欧出现，准备催促朱丽叶赶紧出席婚礼，却发现女儿已经死去，大吃一惊。卡佩里欧怀疑这可能是劳伦佐的阴谋，下令禁止他外出。

就在罗密欧等候劳伦佐的地方，提巴多出现。两人开始凶猛决斗，这时传来了朱丽叶的送葬歌声，罗密欧以为计划已经失败。

在没有得到来自劳伦佐的任何口信之下，罗密欧来到朱丽叶的墓园，以为朱丽叶真的死亡，于是自己服毒身亡，这时候朱丽叶缓缓醒来，但为时已晚，绝望的朱丽叶从罗密欧身上拔出短剑，刺入自己的胸膛，结束了自己的生命。

《诺尔马》
Norma

这是贝利尼31岁时的作品,除了是他的代表作之外,也是意大利歌剧史上罕见的伟大杰作。在斯卡拉歌剧院举行的首演虽未获得空前的成功,但在其后的重演中却充分显现其真正的价值,被誉为是19世纪前半期最伟大的歌剧杰作之一。

高卢在公元前60年左右由罗马帝国统治,德洛伊教徒们(Druids)正伺机找寻反击罗马军队的机会。可是德洛伊教的教长奥罗威佐的女儿诺尔马,虽然身为女祭司长,却打破神圣的律法,秘密地与罗马将领波里奥内生了两个孩子。不久后,波里奥内又爱上另一位年轻的女祭司阿达琦莎,并在森林中向好友胡拉维欧表明,自己将抛弃诺尔马与阿达琦莎一起回到罗马。深知诺尔马刚烈个性的胡拉维欧,忧心忡忡地劝告波里奥内,千万别这么做。两人离去后,德洛伊教徒出现,诺尔马带着大家向月之女神祷告后,与大家一同退场,舞台只剩下阿达琦莎一人。她为自己处在爱情与宗教的夹缝间而苦恼万分,这时候波里奥内悄悄出现,阿达琦莎抗拒不了波里奥内的诱惑,终于答应跟他一起回罗马。

但一直烦恼不休的阿达琦莎,终于忍不住内心的挣扎向诺尔马表明自己的处境。诺尔马十分同情和自己有类似遭遇的阿达琦莎。并询问她的情人究竟是谁。阿达琦莎指着刚好出现的波里奥内说:"就是他。"诺尔马知道被欺骗后十分愤怒,吓坏了毫不知情的阿达琦莎。

诺尔马想与两个孩子一起结束生命,但对两个酣睡中的孩子无论如何也下不了手。这时候阿达琦莎来到,诺尔马吩咐她带着自己的两个孩子逃往罗马,但阿达琦莎却想说服波里奥内回到诺尔马身边。

而德洛伊教徒们这时候重新聚集,在奥罗威佐的领导下,准备与罗马军队决一死战。

诺尔马一个人留在神殿中等待回音,这时候侍女克罗蒂德慌张跑来,传达阿达琦莎未能说服波里奥内的消息。愤怒颤抖的诺尔马,敲响了象征战争信号的铜锣声,在群众面前宣告抗暴的时刻已到。这时候波里奥内却意外被押解出来。原来他想回来神殿带走阿达琦莎,却在森林中被逮个正着。与群众一起高喊"杀!杀!"的诺尔马,假借有事必须单独盘问波里奥内,请大家暂时离去。诺尔马央求波里奥内回到自己的身边,波里奥内却不为所动,诺尔马再度调集群众宣称"有一位女祭司冒渎了神圣律法,必须与波里奥内一起成为祭献的牺牲品",然后走向波里奥内与吃惊的群众面前,宣告说那个女祭司"就是我"。诺尔马恳求父亲奥罗威佐照顾两个无辜的孩子,这时候波里奥内才被诺尔马的真情打动,发现了诺尔马伟大的爱情,但为时已晚,两人手牵手一起走入祭献的烈火之中。

《梦游女》
La Sonnambula

　　这是贝利尼的三大歌剧杰作之一。在当时多数以贵族社会为题材的庄歌剧中，本作品是少数拥有牧歌性质的歌剧。首演时由传奇的名歌手帕丝塔(Giuditta Pasta)演唱爱明娜，除了作品本身相当优秀外，帕丝塔的著名演唱据说也是本歌剧成功的因素之一。

　　《梦游女》与《诺尔马》，同为贝利尼杰作中的杰作，与罗西尼的《赛米拉密德》、唐尼采蒂的《烈女露西亚》和《安娜·波雷娜》等，共同被视为美声唱法歌剧的代表作品。其流畅华丽的旋律，与剧本的深刻情节相辅相成。

　　这一天是爱明娜与艾维诺订婚的日子，村民们群聚在莉莎经营的客栈前。大家欢欣鼓舞，满脸喜悦，只有暗恋艾维诺的莉莎表情落寞。这时候爱明娜出现，唱着"今天是多么快乐的日子"后，艾维诺出来送她一枚戒指。这时候突然出现一位陌生男子，他是幼年被迫离开此地的领主鲁道夫伯爵，他眺望着这令人怀念的故乡，并对爱明娜的美丽赞不绝口，使艾维诺心里很不是滋味。黄昏临近，村民们说，最近一到夜里就有幽灵出现，这话引起伯爵的兴趣，决定住在莉莎的客栈里。大家离去后，两位情侣互诉永不变心的爱情。

　　夜里，莉莎来到伯爵的房间，告诉伯爵说，村民们获悉伯爵就是领主,所以特地来此问候。莉莎向伯爵抛媚眼,卖弄风情,正当两人相依偎时,外面传来怪声,莉莎惊慌逃走,遗落一条手帕。这时候出现的,正是被视为幽灵的梦游女爱明娜。爱明娜在不知不觉中躺在伯爵寝室的沙发上睡着了,伯爵不敢惊醒她,独自悄悄地离开房间。正当爱明娜熟睡的时候,莉莎唤来艾维诺和村民们,爱明娜被四周喧嚷的声音吵醒,人们怀疑她与伯爵之间有暧昧关系,艾维诺气得发狂,妒火焚身。

在前往伯爵城堡的森林小径上,村民们为追寻事情真相赶去伯爵的住处。莉莎与爱明娜也出现在这里,但看到艾维诺的身影后立即躲在暗处。艾维诺坚信爱明娜背叛了他,不相信村民们带回的报告"伯爵证实爱明娜是清白的",仍然从爱明娜手上拔掉戒指离去。

认定爱明娜不贞的艾维诺,打算与莉莎结婚。爱明娜的母亲泰丽莎,听到此消息后大吃一惊,立即拿出莉莎掉在伯爵房间的手帕斥责,伯爵也现身说明爱明娜是一位梦游症患者,但仍不相信爱明娜的清白的艾维诺,一边也感叹莉莎也曾向伯爵求爱,同样是个背叛者。就在这时候,破烂的磨坊小桥上却出现穿着睡衣的爱明娜,她在梦游中依然为失落的爱情悲伤欲绝,艾维诺深受感动,把戒指还给仍在睡梦中的爱明娜。在村人的欢呼声中醒来的爱明娜,惊讶于误会的冰释,为再度回来的爱情十分喜悦,最后在众人的祝福声中落幕。

《清教徒》
I puritani

　　这是贝利尼34岁时的作品,在歌剧开演8个月后,贝利尼即告别人世。歌剧以17世纪中期的英格兰为背景,描述国王派与议会派的政权之争。

　　歌剧采用了法国大歌剧的风格,剧本虽不尽理想,但仍以优美无比的旋律弥补这一缺憾。

　　首演时可说集当时歌剧界最高声望的歌手于一堂。

　　今天是议会派城主的女儿埃尔维拉与国王派皇军骑士阿杜罗举行婚礼的日子。清教徒军队长李卡德面无表情,非常伤心,因为城主曾答应将女儿埃尔维拉嫁给他,但埃尔维拉却选择了阿杜罗做她的伴侣。

　　而在婚礼当天还不知道新郎是谁的埃尔维拉,以为自己会成为政治牺牲品,口中一直念着爱人阿杜罗的名字,这时候叔父乔治赶来通知她,结婚的对象正是她所爱的阿杜罗,使她欣慰不已,喜形于色。

　　婚礼上,阿杜罗赞美着新娘。当时大厅一角坐着一位被囚禁城中的妇女恩丽克塔,她原是前国王的遗孀。众人退出后,阿杜罗单独盘问她而得知详情,大吃一惊之余决心营救她逃出城堡。这时候埃尔维拉再度出现,并天真地让恩丽克塔为她盖上新娘面纱,然后退场。刚好经过的李卡德,发现阿杜罗想带走囚犯，却因为阿杜罗是他的情敌而未加阻拦，故意放他一马。知道新郎跟别的女人逃走后，埃尔维拉过度伤心以致精神失常。

乔治向人们宣告，逃亡的阿杜罗已被宣判死刑，这时候精神恍惚的埃尔维拉出现，她回忆起过去跟阿杜罗在一起的快乐幸福时光，使在场人士为之心酸。埃尔维拉离开后，乔治质问仍对阿杜罗怀恨在心的李卡德，希望他念在埃尔维拉的可怜处境，消弭对阿杜罗的怨恨。顽固的李卡德终被仁慈的乔治感动，两人共同宣誓对明天的保卫战全力以赴。

挣脱清教徒军队的追逐而平安归来的阿杜罗，看到发疯的埃尔维拉，不断以温柔的情话慢慢使她恢复神智，这时候清教徒军队再度赶来逮捕阿杜罗，并宣告他的死刑。后来逃亡的误会被化解，阿杜罗获得赦免，歌剧就在庆贺两人的歌声中落幕。

《温莎的风流娘儿们》

Die lustigenWeiber von Windsor

这是在德国喜歌剧（Comic opera）上采用意大利喜歌剧
(Opera buffa)元素写成的浪漫派歌剧佳作。

手上拿着法斯塔夫寄来的情书，心里十分气愤的胡路特
夫人出场后，隔壁的赖希夫人也拿着一封信走出来，两人互相
对照一看，竟是同一个男子寄来、内容相同的情书，两位夫人
准备向这个好色的男子报复，双双走进胡路特家里商议计谋。
接着，胡路特先生与赖希先生，还有富翁史培利希与医生卡犹
士等人陆续登场。富翁与医生同时都向赖希的女儿安娜求婚，
但安娜所爱的却是穷青年芬东。不久，芬东出现，他请求赖希
先生准许他跟安娜结婚，但赖希毫不理睬这个穷小子。这时胡
路特家里的两位夫人正等待法斯塔夫的到来，不久后法斯塔
夫果然出现，赖希夫人赶紧躲起来。等到法斯塔夫露出色眯眯
的举止时，赖希夫人突然出现，而胡路特先生也赶来捉奸，法
斯塔夫大为惊慌，只好遵照胡路特夫人的指示躲进大洗衣笼
子内。按照计划，夫人便叫男仆将笼子丢到河里。这时候胡路

特先生率众冲入屋内,四处察看,见不到姘夫踪迹。夫人假装抱怨丈夫的粗鲁行为,哭闹着自己是清白的。

翌日清晨,法斯塔夫为昨天的事件感到懊恼,但看到胡路特夫人寄来的信中表示想跟他再见面后,心情就开朗起来。这时化名叫做巴哈的胡路特先生出现,怀疑妻子贞操的他,打算当场捉奸,于是设计请托法斯塔夫去追求胡路特夫人。不认识胡路特先生的法斯塔夫,不疑有诈,把昨天发生的事件和今天要再度约会的事全部得意地抖出来。胡路特先生听完后抑制愤怒,发誓要报仇。这时同时想要追求安娜的史培利希与卡犹士,先后来到赖希家的花园想见安娜一面,但因发现有人来到,便各自赶紧躲在两边的树后面。这时候出现的芬东,唱出爱的小夜曲,听到歌声后,安娜随即出现,双双唱起爱的二重唱,躲在树后的两人见状后悔不已。而在胡路特家的客厅,法斯塔夫正与胡路特夫人幽会。这也是圈套之一。不久赖希夫人就赶来说,男主人已经回来。这次法斯塔夫则乔装成胖女佣。胡路特先生出现后,表示要搜查房间。这时候赖希先生、史培利希与卡犹士等人也一起来到。乔装成胖女佣的法斯塔夫随后出现,胡路特先生以为他是最讨厌的伯母,凶狠地把他赶出去,男人们这才开始分头搜屋。

赖希与胡路特两家人群聚一堂,谈论着整个事情的原委,真相大白后,大家商议如何再教训法斯塔夫一次。结论是先设法让法斯塔夫化装成猎人哈恩的模样,然后把他引到温莎森林,大家再化装成精灵,一起捉弄他。在这同时,安娜则趁此机会,下定决心与芬东结婚。不久,中计的法斯塔夫以哈恩的姿态出现在温莎森林中,当他正向两位夫人花言巧语的时候,传来一阵骚动的声音,法斯塔夫以为精灵出现,惊逃中跌倒,夫人们则趁机逃之夭夭。接着,打扮成精灵模样的赖希一伙人出现说,法斯塔夫是假的哈恩,然后群起攻击他。当投降的法斯塔夫知道中计的时候,已在森林教堂完成婚礼的安娜与芬东双双出现,安娜的双亲,见生米已煮成熟饭,只好祝福两人,最后法斯塔夫也获得了大家的宽恕。

托马 （1811—1896）

Thomas, Ambrose

《迷娘》
Mignon

这是以歌德的小说《威廉·迈斯特的学习时代》中非主要角色的孤儿迷娘为女主角，并以她的死为结局的剧本写成的歌剧，洋溢着南国风情的浪漫，加上优美感伤的旋律，是托马成功的代表作。

18世纪末的德国，乡村旅馆中因女儿被诱拐而精神错乱的老乐师罗塔利欧，徘徊在村民之间，唱出寻找女儿的咏叹调。这时出现一群吉卜赛人表演着舞蹈，团长贾诺(Jarno)想用拐杖殴打贪睡不跳舞的迷娘，却撞倒了冲过去保护她的罗塔利欧，赶来的学生威廉举起手枪牵制贾诺。看到这场面的女演员菲莉妮，丢给了团长一包钱才平息了骚动。菲莉妮询问威廉是何许人士，威廉以咏叹调《我是流浪汉》回答，然后威廉询问迷娘的身世，迷娘说她自幼被拐走，对故乡的印象十分模糊，唱出《君知南国否》，威廉十分同情感动，用钱买回了她的自由，高兴获得自由的迷娘，与罗塔利欧双双唱出《燕子二重唱》。这时接到卢森堡男爵邀请函的菲莉妮，热情邀约威廉一起前行,威廉答应后,也让迷娘穿上男装打扮成侍童模样一起同行。

在豪华的房间里,兴高采烈的菲莉妮,故意在迷娘面前与威廉调情,迷娘则假装打瞌睡,形成三人的三重唱。独自留下的迷娘试着装扮起自己,这才发现原来自己也可以这么美丽,不禁高兴唱出民谣曲调的西提里恩歌曲,然后走入后方更衣。这时爱慕菲莉妮的年轻贵族腓德立克悄悄进来,与刚刚回来的威廉发生打斗,迷娘冲进来调解。威廉看到盛装的迷娘,发现她已是位亭亭玉立的姑娘,唱出咏叹调《再见迷娘》告别而去。这时出现的菲莉妮尖刻地讽刺迷娘,迷娘气得撕破身上所穿的衣服离去。

为失恋而精神恍惚的迷娘来到湖边,想投水自杀却被罗塔利欧拦住,形成悲伤的二重唱,这时远方传来人们对菲莉妮的喝彩声,迷娘非常嫉妒脱口说出"最好让整个官邸都烧掉",罗塔利欧也跟着叫"放火、放火",然后一起离开。散场后还穿着仙后服装的菲莉妮,唱出发挥花腔技巧的波兰舞曲《我是金发的蒂塔妮雅》。然后要迷娘去休息室把威廉送给她的花束取来,不料罗塔利欧已经放火烧屋,威廉冲入火场救出已经昏厥的迷娘。

罗塔利欧为入睡的迷娘演唱摇篮曲。威廉说要为迷娘买下这幢"齐普里亚尼"的家,这个家的名字使罗塔利欧立即恢复记忆。威廉接着唱出浪漫曲《可怜的迷娘》,向醒来的迷娘吐露内心的爱意,这时罗塔利欧穿着豪华衣服出现,宣告自己是此家的主人，并拿出女儿的遗物与一个盒子。上面写着罗塔利欧爱女的名字"斯佩拉塔"，这个名字和盒子中的遗物也勾起迷娘的回忆，当威廉说出"这里是意大利"时，迷娘方才完全恢复记忆，父女俩相拥唱出欢喜的二重唱落幕。

《漂泊的荷兰人》

Der Fuegende Hollander

此出歌剧是瓦格纳最能完美表达他诗人性格的作品，但刚开始演出时并未获得青睐。整出歌剧是根据海涅（Heinrich Heine）的《幽灵船的传说》，以及瓦格纳本人乘船遭遇暴风雨的体验所写成的德文歌剧，1841年，在德勒斯登首演。

在凶猛的狂风暴雨中，以荷兰人主题和救济主题的序曲启幕。

一艘挪威船准备入港避难，水手们正忙着工作。工作告一段落后，船长达兰特交代舵手留在甲板上看守，然后与水手们一起进入船舱休息。独自留在甲板上的舵手唱出思乡之歌，不久后也睡意浓浓进入梦乡。这时传来一阵可怕的声音，在挪威船的旁边突然出现一艘漆黑桅柱上张着鲜红帆布的幽灵船，该船抛锚后，立即从船上走下来一位荷兰人，他正是该幽灵船的船长。荷兰人船长开始悲叹唱出"漂泊七年岁月"的不幸命运。因诅咒神明而受到处罚，必须永远漂流海上的荷兰人，每七年才允许上岸一次，这时他如果能够找到一位愿意以身相许,为他付出终生爱情的少女,他就会得救;若非如此,他依然求死不得,必须再到海上去流浪。不久后,睡醒的达兰特从船舱出来,与荷兰人相遇。荷兰人听说达兰特有一位女儿,立即提出结婚的请求。达兰特看到荷兰人有一大堆金银财宝,马上欣然答应。两艘船一同顺风向着达兰特的故乡开去。

在达兰特的故乡,村里的姑娘们一边纺纱,一边唱着民谣风格的《纺纱合唱曲》。达兰特的女儿森塔,一副坐立不安的样子,被奶妈玛莉发现。随后森塔看到挂在墙上的《漂泊的荷兰人》画像,开始陷入沉思,然后唱出著名的《森塔叙事曲》,讲述着七年只准上岸一次的荷兰人故事,不禁感到自己就是可以献上永恒之爱、拯救这位荷兰人的少女。这时内心爱慕森塔的猎人艾利克进来,叙述他梦见森塔的父亲带来一位和墙上画像一模一样的男人,不久森塔就与这位男人出海而去。听到此话的森塔非常感动,更加深自己的信念。艾利克失望地走后,达兰特真的带着荷兰人进来,森塔与荷兰人互相凝视对方,达兰特离座后,两人开始互相

《漂泊的荷兰人》剧中的人物造型。

倾吐爱意,唱出热烈的二重唱。森塔应荷兰人的要求,发誓对他忠诚,至死不渝。

　　水手们在挪威船上饮酒作乐,这时姑娘们也来到船上。他们一起向静得可怕的荷兰船呼喊,却一点回音也没有。这时候突然刮起大风巨浪,从荷兰船内传来歌唱船只命运的诡异合唱。听到这可怕歌声的水手与姑娘们,各自惊慌逃走。荷兰船内的合唱停止后,再度归于风平浪静。这时森塔被艾利克追逐来到这里,艾利克逼问她:"难道你不爱我了吗?"在暗处看到这情景的荷兰人,绝望地跑了出来,感慨自己是受天诅咒、必得漂流海上的彷徨的荷兰人。森塔辩解只有让她同行才有幸福生活。慌忙准备出航的荷兰人不顾森塔叫喊,一直往海上驶去。当森塔挣脱开艾利克的手时,船已离岸。森塔跑到悬崖上,发誓对荷兰人的爱与忠诚至死不渝,然后跃身跳入海中。这一来荷兰船也跟着沉没,不久两人从海中升起,深情相拥,双双飞升入天。

《汤豪塞》
Tannhauser

　　这出歌剧正式的名称是《汤豪塞与华特堡的歌唱擂台》,是瓦格纳把游吟诗人踏入禁地的传说与歌唱擂台的故事融合在一起写成的剧本。本剧在巴黎上演时,瓦格纳曾增加了芭蕾舞剧的表演。这出歌剧的成功说明了瓦格纳脱离意大利歌剧

的形式,朝乐剧发展的
轨迹,不仅有卓越的戏
剧性结构,鲜明的人物
性格也扩展了长弦乐
的性能。本剧1845年在
德勒斯登首演。

维纳斯城与华特
堡附近的山谷,精灵们
在山洞里跳着诱惑人
的舞蹈。躺在维纳斯女
神膝上睡着的骑士汤
豪塞,醒来后唱出称赞
爱欲之神的颂歌,歌声
中逐渐表露厌烦这里
的世界,想回到故乡的
心情。维纳斯不断以甜

《汤豪塞》第二幕的布景草图:
华特堡的歌唱堂殿。

言蜜语诱惑挽留他,汤豪塞无动于衷,最后喊出圣母的名字,
瞬时轰隆巨响,维纳斯城的幻化世界突然消失,变成笛音袅
袅、阳光和煦的山谷,从感官的世界突然回到现实世界。当汤
豪塞感动地向神明祷告时,杜宁根领主海曼刚好带领骑士们
通过,一伙人看到汤豪塞,就劝他归队。一度婉拒的汤豪塞,听
到骑士沃尔夫拉姆说,自从汤豪塞离开后,歌唱盛会中再也听

不到伊莉莎白的歌声,这时汤豪塞才同意回去。

　　华特堡领主的侄女伊莉莎白,自从汤豪塞走后就不曾再踏入这个大厅,当她获悉汤豪塞归来时,才再度踏入大厅唱出汤豪塞再次回来参加歌唱擂台的喜悦。这时候沃尔夫拉姆与汤豪塞走了进来,在重逢的喜悦中,被问到这段期间都到哪里去的汤豪塞,只回答说到了很远的国度。沃尔夫拉姆目睹他们两人亲密的样子,只好放弃喜欢伊莉莎白。不久后,在《大进行曲》的引导下,装扮华丽的骑士与贵妇人们鱼贯进入大厅,领主宣布歌唱大赛开始,题目是《爱的本质》。首先被抽中的是沃尔夫拉姆,他唱道"环顾这高贵的聚会,只有纯洁的心才是爱的本质"。大家异口同声地赞同他的想法,这时汤豪塞突然站出来说"那是错误的",然后唱出"只有享乐的爱才是真爱"。瓦尔特与比特罗夫等参加比赛的骑士们都站到沃尔夫拉姆一边,汤豪塞依然故我,主张享乐才是爱的本质。沃尔夫拉姆想抑制激动的人们,但陶醉的汤豪塞,终于耐不住开始赞美维纳斯,脱口说出在维纳斯城的一切。妇女们惊叫逃窜,男士们拔剑逼向汤豪塞,伊莉莎白见状拼命求饶,要大家给汤豪塞有重拾信仰的机会。汤豪塞听了无比悔悟,决定遵从领主的命令,为了赎罪启程前往罗马朝圣。

　　伊莉莎白向圣母玛利亚祷告后,在朝圣的队伍中找不到情人汤豪塞的踪迹。目送伊莉莎白失望离去的沃尔夫拉姆,知道生病的伊莉莎白将不久于人世,无限同情地唱出《晚星之歌》,祈求圣洁的天使能温存地接引她到天堂。不久后,汤豪塞穿着破烂的朝圣衣出现,说出他到罗马的不幸遭遇。千辛万苦到了罗马之后,他向教皇求饶恕罪,教皇却说"除非我的神杖长出绿叶,开出鲜花,否则到过维纳斯城的人是不可能得救的"。绝望的汤豪塞想再度到维纳斯城寻求欢乐时,维纳斯的幻影立即出现并加以诱惑。就在这时候,抬着伊莉莎白遗体的出葬行列走过来,汤豪塞不知不觉随着沃尔夫拉姆叫出伊莉莎白的名字,才从恍惚中醒了过来,维纳斯的幻影随之消失,山谷再度被曙光所笼罩。汤豪塞上前伏倒在伊莉莎白遗体后气绝身亡。这时一队年轻的朝圣者高举着长出绿叶鲜花的奇妙神杖走来,宣告汤豪塞的灵魂已经得救。

《罗恩格林》
Lohengrin

结束瓦格纳前半生之德国浪漫派歌剧的,就是此出浪漫传奇的《罗恩格林》,也就是天鹅骑士冒险拯救一位少女的故事。本剧已经废除编号,改采主导动机的导入,企图寻求戏曲与音乐的统一。此外,在瓦格纳的歌剧中,本剧有许多广受喜爱的局部乐曲。这出歌剧1850年在魏玛首演,全赖李斯特的大力奔走,并担任指挥,当时瓦格纳因被通缉而住在瑞士。

德意志国王韩利希为激励士气,并对抗匈牙利军队征召东方远征兵,率军来到安特卫普,受到布拉邦公国人民的热烈

《罗恩格林》第二幕的舞台草图：安特卫普城的夜晚，右后方是女主角艾尔莎出现在闺房外的阳台，左前方则是奸臣泰拉蒙夫妇。瓜力欧（Angelo Quaglio）所绘。

欢迎。布拉邦公国的贵族泰拉蒙向国王控诉说，前大公去世后留下一对姐弟，姐姐艾尔莎却谋杀了自己的弟弟哥特弗利。众人听到大吃一惊，国王立即下令唤来艾尔莎想查明究竟。艾尔莎对着国王的讯问唱出《艾尔莎之梦》，述说她梦见一位骑士，会前来与泰拉蒙决斗，洗清她的冤情。话毕，艾尔莎便向神明祷告，祈求为她派来梦中骑士。这时传令官开始呼唤梦中骑士，可是无一回应，众人为之骚动，但喊到第二次的时候，奇迹终于发生。从河的远方漂来一艘由天鹅拖曳的小船，船上伫立着一位身穿甲胄的骑士。骑士唱出《可爱的天鹅啊》送走天鹅，向国王问候后，询问艾尔莎是否愿意接受他的保护，艾尔莎回答说"我愿意将一切献给你"，骑士则要求她发誓不可询问他的姓名和来历。接着就在神明的裁判下展开决斗，骑士打败泰拉蒙，证明了艾尔莎的清白，众人为之高声欢呼。

泰拉蒙与妻子奥特鲁商议，想唆使艾尔莎探问骑士的姓名与来历，不然就暗杀骑士。奥特鲁是位女巫师，想与丈夫两人夺取公国，艾尔莎的弟弟哥特弗利就是被她变成一只天鹅的。当艾尔莎出现在阳台上，唱出喜悦之歌时，奥特鲁以可怜兮兮的样子对她讲话，希望引起艾尔莎的同情。艾尔莎终于起了怜悯之心，奥特鲁见机使用挑拨的言辞想令她对天鹅骑士产生疑心。

黎明后，传来集合的号角声。传令官宣布国王的命令说，泰拉蒙被判驱逐，天鹅骑士将娶艾尔莎为妻，但尊重骑士的意愿，他只担任布拉邦公国的守护者，而不就任布拉邦大公。不久后，艾尔莎从家里走出来，准备上教堂结婚时，路上突然被奥特鲁拦截下来，奥特鲁强烈控诉说"来历不明的骑士使用了妖术"，泰拉蒙也出现加入控诉。就在这时候，国王与骑士来到，驳斥他们两人的说法，但骑士仍说，我不能向任何人说出我的姓名与来历，除非是艾尔莎本人的询问，我就必须回答。艾尔莎听到这席话，不禁想知道骑士的秘密。

在引发结婚喜悦的前奏曲之后，两位新人在婚礼祝贺歌曲的引领下登场。两人陶醉在结婚的快乐里，双双唱出优美的爱的二重唱。在这当中，艾尔莎越来越想知道丈夫的名字，当她提起勇气发问时，泰拉蒙带领四位部下闯入，骑士接过艾尔莎递给他的剑，瞬时击倒泰拉蒙。

在清晨的阳光下，国王与士兵，还有布拉邦人民，群聚在河畔。这时泰拉蒙的遗体被抬出来，骑士向讶异的民众说明泰拉蒙被他击毙的经过后，艾尔莎再度追问他的姓名与来历，骑士不得已说出他必须从此离开,然后唱出《自报姓名之歌》。原来骑士是圣杯之王帕西法尔的儿子罗恩格林。在一片惊讶声中,天鹅再度拖曳着小船出现。这时天鹅变回原来艾尔莎弟弟的模样,打碎了奥特鲁的美梦。罗恩格林乘着天鹅拖曳的小船渐渐消失,目送这情景的艾尔莎,昏倒在弟弟怀里,气绝身亡。

《特里斯坦与伊索尔德》
Tristan und Isolde

　　这是将中世纪以来特里斯坦的传说加以单纯化,全心专注于内在描写的完美作品。尤其是和声的处理也是划时代的,成为给予后世极大影响的瓦格纳杰作。当时的瓦格纳正处在与妻子明娜的恶劣关系,并与有夫之妇玛蒂德热恋的阶段,他放下创作中的《齐格菲》,全力创作这出充满爱情的歌剧。1865年在慕尼黑首演。

　　从爱尔兰航向康瓦耳的船上水手们高声唱着歌,歌词中隐约讽刺着爱尔兰公主伊索尔德,听到这些歌伊索尔德起身离去。爱尔兰公主伊索尔德,为了嫁给康瓦耳的国王马可,乘上了这艘由马可王的侄儿特里斯坦掌舵的船只。伊索尔德因为特里斯坦从未向她问候过,心里非常不愉快,就差遣侍女布兰杰内去叫特里斯坦来,不料特里斯坦的侍从库威纳尔却唱出赞美勇士特里斯坦的歌曲,把她赶了回去。愤怒的伊索尔德

《特里斯坦与伊索尔德》的人物造型。

开始讲出过去的一段恋情。特里斯坦曾在战斗中杀死了伊索尔德的未婚夫，自己也负伤逃到伊索尔德住处求助，伊索尔德虽然曾想杀死他为未婚夫报仇，却下不了手，伊索尔德把他的伤治好后，两人萌生爱情。但如今特里斯坦却要求伊索尔德嫁给马可王当皇后。伊索尔德呼叫特里斯坦，并叫布兰杰内去准备母亲给她的毒药。赶来的特里斯坦与伊索尔德两人，把爱藏在心里,粗鲁相对。伊索尔德即时下令拿来和解之杯,但布兰杰内倒在杯中的并非毒药,而是祖传的爱情灵药。两人相继饮下杯中物后,控制不住火热的情欲,互相呼唤对方的名字后紧紧拥在一起。这时传来欢呼的声音,船已抵达康瓦耳。

号角声响起,在深夜,国王一行人不寻常地决定外出打猎而离去。这时伊索尔德焦急等待着要与情人幽会,布兰杰内劝她要留意,这可能是特里斯坦的好友梅洛特所设下的诡计,但伊索尔德毫不在乎,一心憧憬着与情郎的幽会。随着高涨的音乐,特里斯坦飞奔而来。两人热情拥抱,从波涛汹涌的情话,进入缠绵悱恻的情境,两人持续唱出空前的爱的二重唱。这时在外把风的布兰杰内也唱出警告的歌声,但一点也不妨碍陶醉的两人。当持续炽热的爱情世界到达顶点时,国王一行人突然驾到,但马可王并未斥责这对情侣,反而感到悲伤万分,他说:因为自己膝下无子,曾想将王国送给特里斯坦,但特里斯坦不接受,反而要他娶伊索尔德为后,现在却演变成这样的情景,心中无比痛楚。这时梅洛特举剑逼向特里斯坦,特里斯坦丢下武器,受重伤倒地。

重伤的特里斯坦被送到荒凉的卡列奥尔的特里斯坦城堡卧床入睡,库威纳尔在一旁看顾着。这时传来牧人吹奏的悲伤笛音,不久后听到微弱笛音的特里斯坦徐徐醒来,但仍处在半梦半醒状态。库威纳尔立即说明他如何把主人搬运到这个荒废的城堡,然后通知伊索尔德来此的经过。特里斯坦一听到的情人的名字就逐渐苏醒过来,但仍魂不附体一般说出"夜之国"的情境,说他从夜之国呼唤现今还留在"白昼世界"的伊索尔德。但伊索尔德的乘船至今未达,只听到牧人吹奏悲伤孤寂的笛音,精神错乱的特里斯坦,不停唱着对伊索尔德的思念。等到牧人的笛音再度响起时,伊索尔德的乘船终于抵达。特里斯坦站起,自己拆下绷带,却因精疲力竭倒在飞奔过来的伊索尔德怀中气断身亡。悲伤过度的伊索尔德,也当场昏厥过去。这时候第二艘船抵达,马可王一行人及时追到。库威纳尔刺死第一位冲进来的梅格特,自己也负伤死去。原来马可王获悉这一切都是"爱情灵药"作祟后,想赶来宽恕一切,可惜特里斯坦已一命呜呼。这时伊索尔德从昏厥中醒来,两眼无神,一边唱出永远常相厮守的《爱之死》,一边静静伏在特里斯坦的遗体上,在忘我的陶醉中相随而逝。

《纽伦堡名歌手》
Die Meistersinger von Nurnberg

　　这是瓦格纳作品中最特殊的一出"喜剧"。本剧远离了神话与传说,以中世纪纽伦堡的市井小民为主角。当时所谓的"名歌手",是指工匠师傅兼精通歌曲唱作的人。当时的纽伦堡就是百姓名歌手集聚的大本营。要成为名歌手必须通过本业的技术考验,还必须能歌唱,甚至具备文法、修辞、逻辑、算术、几何、音乐、天文等7种学科知识,才能正式成为大师。剧中的萨克斯是真实存在的人物。

圣约翰节的前一天,城中到处传来礼拜的赞美歌。年轻的骑士华尔特,从后面一直注视着和奶妈玛格达莲在一起的夏娃。当两人碰巧相遇时,询问夏娃是否已订婚的华尔特,获悉第二天歌唱大赛中赢得优胜者将是她的丈夫时,感到非常失望。这时爱慕着玛格达莲的大卫跑来说,这里即将举行歌唱考试,而夏娃也向华尔特说:"我希望遴选到的人是你。"于是华尔特决定参加考试。徒弟们一一进场后,开始用功准备应试。只有徒弟之一的大卫,接受情人玛格达莲的请托,热心教授华尔特歌唱技巧。华尔特对于繁复的歌唱规则感到十分惊讶,但仍抱着成为名歌手的期望。华尔特向夏娃的父亲波格纳金匠表示,自己也想成为名歌手,要他向与会大众介绍。想赢得夏娃的书记官员贝克麦沙,发现竞争对手出现后便起了戒心。名歌手们会合后,波格纳就当场宣布,圣约翰节当天的歌唱擂台主,将获得他的女儿夏娃与全部财产。不久后开始举行华尔特是否有资格成为名歌手的审核,担任记录员的贝克麦沙首先发难指责,众人亦同声反对,华尔特的考试因此失败。只有鞋匠韩斯·萨克斯赞美华尔特的歌唱才能。

　　夏娃从玛格达莲那里听到华尔特失败的消息后,立即赶到认为华尔特唱得很好的萨克斯住处,请求设法帮忙。曾经暗中喜欢夏娃的萨克斯,如今对她已心灰意冷。被萨克斯甩开,沮丧走到街头的夏娃,迎面碰到华尔特,两人商量决定一起私奔。回到家的夏娃,要玛格达莲穿上自己的衣服站在窗旁,想趁黑夜与华尔特一起逃走。不料发现此事的萨克斯,立刻点亮店里的灯，使他们的计划落空。不久贝克麦沙来到，误以为窗旁的玛格达莲是夏娃，开始唱出求爱的小夜曲。他的歌声逐渐吵到正在做鞋子的萨克斯，大卫则以为贝克麦沙在向玛格达莲调情，一伙人开始在街上展开一场混战。其间，萨克斯阻止了两个情侣的私奔，让夏娃与华尔特各自回家。

　　萨克斯看破对夏娃的爱情，唱出《迷惑，大家都迷惑》的独白后，华尔特来访，述说他昨夜所做的美梦，萨克斯建议他把梦境做成今天要比赛的歌曲，开始教他歌唱与写作技巧。中途他们留下写成歌曲的纸张离开现场，贝克麦沙随后进来，拿走了萨克斯留下的纸张，往郊外人群逐渐聚集的原野走去。在名歌手们的行进中，萨克斯与波格纳也出现在其中。众人唱出歌颂大自然的合唱后，萨克斯开始向大家说明歌唱擂台的意义。第一位上台出赛的是贝克麦沙，他步履蹒跚走出来后展开歌喉，但因记不起歌词与曲调，中途出了乱子，被众人嘲笑。这时候他才吐露这首歌是由萨克斯所作，萨克斯则站了起来向大家介绍，这首歌的真正作者是华尔特。接着，华尔特就美妙地唱出"清晨闪耀着玫瑰的颜色……"获得优胜，夏娃为他颁授桂冠，并在波格纳的见证下成为夫妻，但华尔特却婉拒"名歌手"的称号，他说，他要的是幸福，而非头衔，萨克斯立即歌颂名歌手与德国艺术的伟大。夏娃非常感动地把桂冠戴在萨克斯头上，并由大家推举他为"名歌手"，萨克斯打开双手拥抱住这对情侣，周围立即响起称颂萨克斯与德国艺术的合唱。

《莱茵河的黄金》
Das Rheingold

　　瓦格纳毕生的巨作《尼伯龙根的指环》从草案开始经过23年的岁月才告完成。这部以神话和传说为题材的巨作，总共要连续四夜才能演完。其中的序曲就是此出《莱茵河的黄金》。全剧在1876年于拜律特举行初演。全剧是以象征权利的指环为中心展开的音乐剧。

　　尼伯龙根族的侏儒阿贝利希为了得到爱情想靠近在水中游泳的三位莱茵少女。但三位少女只是挑逗讪笑、揶揄他而已。这时随着阳光的移动，岩石上出现闪闪发光的黄金。少女们开始歌颂莱茵河的黄金传说，只有禁欲的人可以得到黄金，若用这些黄金打造指环，更可获得统治世界的权力。听到这些话的阿贝利希开始放弃情欲，一心只想获得黄金。他不顾少女们的惊吓与尖叫，攀上岩石夺走了黄金，然后潜入河底深处，传出诡异的笑声。

　　瓦哈拉城附近的山顶空地，众神之长沃坦与妻子富丽卡（婚姻女神）在黎明的原野上眺望建好的瓦哈拉城，心里感到非常欣慰。这时富丽卡的妹妹富莱雅慌张地跑进来，后面追来了法左特与法夫纳两位巨人兄弟。两兄弟逼迫沃坦依照约定交出富莱雅。原来沃坦曾经答应，在瓦哈拉城建好后，将美之女神富莱雅当做报酬送给巨人兄弟。这时雷神顿纳与幸福之神胡洛出来护卫，但沃坦已签下了契约无法反悔。这时狡猾的火神罗杰来到，原来这一切计谋都是由罗杰一手策划。罗杰说出莱茵河的黄金被阿贝利希偷走的经过，然后提议可以用阿贝利希制好的黄金指环来交换富莱雅。被黄金吸引住的巨人兄弟立即答应，随后带走富莱雅作为交换的人质。沃坦与罗杰则到尼伯龙根族的地底之国去。

在坑道中的地底之国"尼贝汉姆"中，阿贝利希应用指环的魔力，命令弟弟迷魅用莱茵河的黄金打造一个可以自由变化身体的隐身帽。沃坦与罗杰来到后，就巧妙奉承阿贝利希，要他表演隐身帽的魔力。阿贝利希立即变成一条巨龙，然后再变成一只蟾蜍，沃坦与罗杰见机抓住了阿贝利希，把他的手脚捆绑起来，拖着变回原形的阿贝利希走回天上世界。这时铸金冶炼的声音，也跟着逐渐消失。

不惜付出任何代价只求能重获自由的阿贝利希，命令侏儒们搬来莱茵河的黄金。接着沃坦又拿走隐身帽，并取下阿贝利希的指环，戴在自己手指上。愤怒的阿贝利希诅咒说"拥有指环的人必遭不幸"。这时巨人兄弟带着富莱雅来到，沃坦堆积起超过富莱雅身高的黄金，但巨人兄弟依然要求隐身帽和指环，沃坦坚持不肯交出。这时智慧女神艾达从地底出现，警告沃坦必须放弃指环。巨人兄弟取得指环后，立即发生争执，法夫纳击毙了法左特，独占了所有财宝与指环。这时天空中传出诅咒的动机，显示阿贝利希的诅咒出现。随后顿纳起身呼唤雷雨，胡洛在天边挂起一道彩虹，在壮大的乐声中，诸神走上虹桥,进入瓦哈拉城。这时从河中传来莱茵少女的歌声,罗杰已预感到诸神即将没落的命运。

《女武神》
Die Walkure

这是《尼伯龙根的指环》的第一幕,被誉为"四作"中最充实的一出,单独上演的机会也最多。瓦格纳音乐的抒情性与感官性在此表露无遗。

疲惫不堪又遗失武器的齐格孟,好不容易走到一户被巨大白杨树所环绕的门前。韩丁格的妻子齐格琳德拿水给他喝,这时两人以热烈的眼神注视对方。不久后,发出一阵不吉利的声响,此家的主人韩丁格从外头回来,以充满敌意的眼光瞪着齐格孟。随后在晚餐的餐桌上,齐格孟开始说出自己的身世。原来齐格孟与齐格琳德是孪生兄妹,他们可能是诸神之长沃坦与人类女子所生的孩子。韩丁格宣布,今天暂住一夜,明晨再来决斗后,与齐格琳德一起走入卧房。不久后,齐格琳德悄悄潜入齐格孟的住房,说明自己是被山贼韩丁格所掳掠过来,这时大门突然敞开,月光从外头照射进来,两人开始唱出优美的歌曲《冬天的冷风已过去》,在到达高昂的顶点时,齐格孟拔出父亲刺在白杨树上的宝剑"诺顿克"。兄妹俩紧紧搂抱在一起。

瓦格纳歌剧《女武
神》的插图，1893
年刊登于《戏剧画
报》。

　　沃坦指示爱女布琳希德，要让齐格孟在决斗中获胜。布琳
希德是负责把战死的英雄运回瓦哈拉城的女武神之一。然而，
沃坦的正室富丽卡却是婚姻女神，她不能原谅不伦与不义，何
况是近亲相好的齐格孟与齐格琳德，她强迫沃坦必须让韩丁
格战胜。沃坦被富丽卡说得心服口服，不得已命令布琳希德遵
从富丽卡的意思。齐格孟与齐格琳德逃亡出来，疲惫不堪的齐

格琳德躺在哥哥的膝上休息时,布琳希德出现说,要把齐格孟带回瓦哈拉城,齐格孟坚持必须与齐格琳德一起走。被他们的坚定爱情深深感动的布琳希德,最后决定违背父亲的命令。

在决斗中受到布琳希德援助的齐格孟,举剑准备刺向对方的胸膛时,沃坦出现,用矛砍断了诺顿克宝剑,齐格孟霎时被韩丁格刺杀,布琳希德赶紧带走昏厥过去的齐格琳德。沃坦击倒韩丁格后,跟在后面追去。

首先响出女武神在空中翱翔的音乐,8位女武神聚集在岩石山顶。另一位女武神布琳希德随后慌忙赶到。然而骑在天马上的并非战死的勇士,而是一名女子齐格琳德。布伦希德不知如何向姐姐们解释,眼见沃坦追来,布琳希德告诉齐格琳德说,你体内已有了爱的结晶,你要将这即将出生的儿子命名为"齐格菲"。这时首次传出有关齐格菲的讯息。深受感动的齐格琳德决心生下孩子,接过断掉的宝剑后,立即往森林的方向逃去。

沃坦随着狂怒的音乐出现,斥责违背命令的布琳希德,布琳希德辩解说:"这不正是父亲原来的意思吗?"沃坦忍着悲痛与对女儿的爱,宣布处罚方式——取消布琳希德的女武神资格,且必须长睡在岩石山顶,等到最初发现的她的男人让她醒来时,才能重获自由。沃坦对陷入熟睡的布琳希德唱出最后的告别之歌,然后遵照女儿的意思,为了让真正的英雄靠近她,在岩石山周围点燃了烈火后静静离去, 这时两度响起齐格菲的主题,暗示出其后的命运后落幕。

《齐格菲》
Siegfried

　　这是英雄齐格菲的成长故事。此出歌剧在作曲中途曾经中断，转而写作《特里斯坦与伊索尔德》，还有《纽伦堡名歌手》后，瓦格纳才又重新执笔完成此剧。

　　把齐格菲扶养长大的迷魅，不管怎么铸造宝剑，马上被齐格菲给轻易折断，齐格菲不但骂他老是做不好宝剑，还责问他为什么自己跟他长得不一样，要他老实招来。原来齐格菲是在森林中被迷魅捡回来的。他的母亲在生下齐格菲不久后就去世了。迷魅为了获得由巨龙守护的指环，在森林里把齐格菲扶养长大。知道母亲身边有一把断剑的齐格菲，发誓要重新锻造好宝剑，然后便向外飞奔而去。这时来了一个流浪汉，其实是沃坦所变，他向迷魅提出三个问题。迷魅答完前面的两个问题后，流浪汉提出第三个问题说："谁能重新锻造出诺顿克宝剑？"迷魅答不出来。流浪汉说出"只有不知恐惧为何物的英雄才能锻造"后消失。不用说，这英雄正是齐格菲本人。年轻的齐格菲，开始自己铸造宝剑，一边朗朗唱出《锻造之歌》，最后终于使断掉的剑片重新熔合，铸造出诺顿克宝剑。

　　黑夜。阿贝利希来到山洞前窥视，试图取回被法夫纳变成的巨龙看守的指环。这时流浪汉从黑暗中出现，立即看出他是沃坦的阿贝利希，上前向他抱怨。流浪汉反而对他说，你弟弟迷魅即将带来年轻的英雄,沃坦还警告睡觉中的巨龙要小心。不久迷魅带着齐格菲来到。齐格菲吹起号角,吵醒了山洞中的法夫纳,法夫纳伸出巨龙的头想威胁齐格菲,但不得要领,反被生气的齐格菲抽出诺顿克宝剑一剑刺死。当法夫纳的鲜血喷到齐格菲时,齐格菲突然听得懂鸟语,然后就在鸟声的引导下从法夫纳身上找到隐身帽与指环。接着小鸟又提醒齐格菲说,迷魅将杀害他然后夺走指环。齐格菲听了毫不犹豫地杀死了迷魅。最后小鸟把布琳希德睡在烈火中的事告诉齐格菲,齐格菲吹响号角走向岩石山。

在狂风骤雨的夜里,流浪汉急忙叫醒地底下的智慧女神艾达。艾达只预言说,齐格菲与布琳希德不久会将指环还给莱茵的少女们,对于诸神的未来命运,则避不作答。失望的流浪汉只好让艾达再度进入梦乡。不久后,齐格菲来到,流浪汉持着长矛挡住去路,齐格菲不堪其扰,挥起诺顿克宝剑,将象征诸神之长沃坦神力的长矛劈成两半。来到岩石山山顶的齐格菲,毫不畏惧地钻入熊熊烈火中,发现布琳希德正睡在晴朗的天空之下。齐格菲使用宝剑,去除盖在其身上的头盔与甲胄,霎时发现美如天仙的布琳希德,心里又惊又喜,情不自禁趋前亲吻了布琳希德。这时突然响起苏醒的音乐,布琳希德起身唱出对阳光的谢意后,与齐格菲互相倾诉热烈的爱意。布琳希德突然想起自己原是女武神之一,如今却丧失神力,因此感到十分不安,但齐格菲以强烈的爱情使她恢复力气,让她重新感受到凡人的喜悦,使她不禁紧紧抱住齐格菲,展开长大之爱的二重唱,在到达欢喜的顶点时落幕。

《众神的黄昏》
Gotterdammerung

这是"四作"中的完结篇,虽说是附有序幕的三幕作品,但其中的序幕与第一幕不停歇地连续演奏。原来的构想是《齐格菲之死》,但在"四作"中被视为第三天。

夜晚。三位命运女神(Nom)一边编织"命运之绳",一边讲述过去的故事。讲到未来的时候,第三命运女神预言说,沃坦可能会点燃世间的白杨树,燃烧瓦哈拉城,致使诸神的世界灭亡。说到这,命运之绳突然断掉。

齐格菲与布琳希德双双唱出炽热崇高的情歌后,齐格菲拔出手上的指环戴在布琳希德手指上,然后向她暂别,得意扬扬地启程走向山下。这时管弦乐奏出雄壮的《齐格菲的莱茵河之旅》。

纪比希家的主人昆特,与其妹妹古特伦,还有昆特的异父弟弟哈根,三人聚在一起谈话。哈根是阿贝利希的儿子,生性奸诈,他正计划让昆特成为布琳希德的丈夫,让古特伦变成齐格菲的妻子,借此夺取齐格菲的财宝。不久传来号角声,齐格菲乘着小船从莱茵河走上岸来。毫不知情的他,喝下掺入"遗忘药"的友情之水,霎时忘记过去的齐格菲,立即迷上眼前的古特伦,要求与她结婚。昆特开口说出,只要你把烈火中的布琳希德带来当我妻子,我就将古特伦嫁给你。齐格菲爽快答

《齐格菲与莱茵的少女
们》，马里亚塔·佛度尼
(Mriano Fortuny)所绘。

应，并与昆特结拜为兄弟。

在岩石山上，沃坦差来女武神之一的华特劳特，降临在布
琳希德的住处。她告诉姐姐说，只有把指环还给莱茵少女，才
能拯救被诅咒的诸神世界。布琳希德以指环是重要的"爱的信
物"为由拒绝其请求。妹妹沮丧地离开后，使用隐身帽变成昆
特模样的齐格菲出现，他伺机抓住迷惑的布琳希德，硬把她手
上的指环夺下。

父亲阿贝利希出现在儿子哈根的梦中,要他取回指环,哈根回答说"我早就知道了"。齐格菲抵达后,哈根就吹响号角召来家臣,准备迎接。这时昆特也带着脸色苍白的布琳希德上岸,随后开始举行两组新人的婚礼。当布琳希德抬头发现齐格菲时,大吃一惊,不禁愤怒斥责,诉说在山洞的家里齐格菲是她的丈夫,殊不知齐格菲已喝下"遗忘药"。齐格菲对着长矛发誓说自己是清白之身。哈根脱口说出愿意为布琳希德报仇,要布琳希德说出齐格菲的要害。这时哈根、昆特与布琳希德三人虽各有各的想法,但都想杀害齐格菲。

　　齐格菲一人来到莱茵河畔遇见了莱茵少女,但并未交出

1845 年 卡 洛 斯 菲 德 (Schorr von Carolsfeld) 所绘《齐格菲被哈根所杀》的壁画。

指环。这时传来一阵号角声,跑出一群猎人。哈根将恢复记忆的药掺入杯中,齐格菲一边喝着一边说出自己的往事,当说到他紧紧抱住布琳希德的时候,哈根突然拿起长矛刺进齐格菲的背部。齐格菲喊着布琳希德的名字,倒地身亡。齐格菲的遗体就在《齐格菲送葬进行曲》的乐声中被运走,此时布琳希德叫人搬来木柴堆积在遗体周围,然后放火烧起木柴。当她把指环戴回自己手指时,开始唱出漫长的自我牺牲的歌曲,然后骑着爱马跃入燃烧的烈火之中。不久莱茵河水高涨,为夺取指环的哈根,被莱茵少女引入水中溺毙,指环回到少女手中。此时大火已蔓延到瓦哈拉城,诸神聚集的城堡已被层层火焰包围。最后在"爱将拯救一切"的预言声中,宣告剧终。

《帕西法尔》
Parsifal

这是瓦格纳最后的作品,命名为舞台神圣庆典剧。本剧一开始就是为拜鲁特的庆典而作,首演后的50年间,被禁止在其他的地方上演。

圣杯的守护骑士古内曼兹,在森林大树下睡醒后,献上清晨的默祷。此时在清爽的朝气中,传来庄严的音乐。不久,粗野的女子孔德里从阿拉伯带来治疗国王的药剂。这时抬着安福塔斯国王轿子的队伍来到,接过孔德里的药剂后,为治疗国王久久未愈的伤口，一同前往水浴场。这时古内曼兹开始讲述故事的缘由：救世主的使者将圣杯与圣矛授予先王后，先王在蒙沙瓦特建起了圣杯城，不久后将王位传给儿子安福塔斯继承。但想成为圣杯骑士未果的恶魔克林莎，盘踞在附近，施法派出妖艳美女，使前去讨伐的安福塔斯王坠入陷阱，克林莎用抢去的圣矛刺伤安福塔斯王。此伤口让国王痛苦至今未愈。故事讲完后，传来一阵叫声，骑士们带来一位用箭射中天鹅的年轻人（帕西法尔），他不但不知自己的姓名，对于其他问题也答不出来。古内曼兹以为他可能是神所预言的救世主，把他一起带入教堂。钟声响起后，出现庄严肃穆的音乐，人们走过神秘的空间参加教堂里举行的"爱的圣餐"。当安福塔斯王在众骑士面前举起圣杯时，一道光芒照射进来。受到祝福的面包与酒分配完毕后，圣杯再度被收回原处。古内曼兹询问看到此一仪式的帕西法尔，有没有看到什么东西，帕西法尔只是颤抖，一言不发。古内曼兹见状非常失望地把他赶了出去。

克林莎命令中了法术的孔德里，去诱惑来到此城的愚者。孔德里虽然心地善良，但自从中了魔法以后就变成邪恶的妖女。挑逗的音乐出现后，魔法变出了一座美丽的花园。从远方走来的帕西法尔被"花之少女"团团围住后，变成美女的孔德里开始向他诱惑。孔德里讲述自己的故事，使帕西法尔很感动，回忆起自己的母亲与往事。她的诱惑之吻，反而给了帕西法尔睿智，唤醒了他对安福塔斯的同情。这时克林莎出现，举起圣矛掷向帕西法尔，说也奇怪，圣矛却停在半空不动，帕西法尔抓住圣矛在空中划了十字，同时魔城也跟着倒塌崩溃，花园立即变成荒野。

在响遍清澈音响的森林中，一位手执长矛的骑士出现在古内曼兹与孔德里面前。古内曼兹说今天是受难日（圣星期五），劝他放下武器。骑士脱下盔甲，出现在眼前的原来是多年不见的帕西法尔，其手上的长矛就是失落的圣矛。获悉安福塔斯国王的伤口至今尚未痊愈的帕西法尔，非常悲伤，要求晋见国王。这时孔德里替帕西法尔洗脚，古内曼兹为帕西法尔举行洗礼，然后在《受难日的音乐》中歌颂出圣星期五的奇迹。事后，二人走向骑士聚集的教堂。这时安福塔斯正祈求圣杯显灵，骑士们把国王扶起来走近先王的遗骸，国王揭开衣服露出不治的伤口，然后悲痛喊叫："请赐我死亡吧！"这时帕西法尔上前，举起圣矛碰触国王的伤口，瞬间伤口完全愈合。帕西法尔高举圣矛走向圣坛，在众人感动的目光中取出圣杯。突然间教堂内充满庄严的光芒，一只白鸽从空中飞下。昆德莉就在此时安详去世。帕西法尔高举圣杯祝福所有的骑士。

《欧那尼》
Ernani

　　这出歌剧是受威尼斯费尼杰剧院经理摩杰尼哥委托所写的作品，是威尔地的第5出歌剧。无论音乐或戏剧结构，都更加充实，强烈地散发出威尔地的个性与魅力。和《伦巴底人》一样，本剧也受到一些官方压力，由于剧本是根据雨果（Victor Hugo）的《欧那尼》写成，而当时雨果的激进派自由主义色彩浓厚，剧本又牵涉到发动推翻政权等内容，几经修改才得以公开上演，并获得好评。

　　16世纪初的西班牙。山贼们正欢天喜地的饮酒作乐，唱出粗犷的合唱后，山贼首领欧那尼出现了。他唱出"在枯萎的花丛里"，诉说自己想念埃尔维拉的心情。欧那尼本来是阿拉贡的贵族，他的父亲和西班牙国王唐·卡罗交战败北被杀，欧那尼只好沦为山贼首领。埃尔维拉被迫即将要与她的叔父监护人唐·西尔瓦结婚，获知此事的欧那尼决心带领山贼攻进西尔瓦的城堡。

　　不愿嫁给西尔瓦的埃尔维拉心乱如麻，唱出咏叹调《欧那

威尔地歌剧
《欧那尼》的
人物造型。

尼,一起逃吧》。这时国王唐·卡罗潜入房间,向埃尔维拉求爱
遭到拒绝,但国王想强行将她带走。不巧与赶来的欧那尼碰了
面,欧那尼见到这位既是杀父仇人又是情敌的国王,决心与他
决斗,于是三人展开一场激烈的三重唱。这时西尔瓦正好回
来,唱出沉痛的咏叹调《啊,多么不幸》。获悉潜入的男子是国
王后,众人大吃一惊。欧那尼非常激动,埃尔维拉则喊叫着"逃
吧"。在一片骚动中落幕。

埃尔维拉与西尔瓦的婚礼正盛大举行，侍从们唱出祝福的合唱。欧那尼乔装成朝圣者潜入城堡。以当时的习俗，接待朝圣者会给家庭带来幸福，不知情的西尔瓦，把这位客人邀请进来。不久后欧那尼现出原形，西尔瓦按照约定，下令保护欧那尼。欧那尼责备埃尔维拉不忠贞，埃尔维拉解释说，当她听到欧那尼已死的消息，信以为真，准备在婚礼上自杀，欧那尼的误会终于解开。就在这时候，国王唐·卡罗带兵出现，要西尔瓦交出欧那尼，遵守承诺的西尔瓦不答应，国王在搜遍城堡，一无所获之后，唱出咏叹调《请跟我来》，把埃尔维拉当做人质带走。西尔瓦与欧那尼发誓向国王复仇。欧那尼以骑士的信约，把自己身上的号角交给西尔瓦当做誓言证据，只要西尔瓦吹响号角，他就如约赴死。

　　知道即将有人密谋造反后，国王立刻躲到祖先的地下祖庙中，国王唱出咏叹调《年轻时候的梦与虚假的幻想》后，谋杀国王的一伙人开始聚集。欧那尼抽签抽中担任实际的行刺者，西尔瓦想以先前的号角跟他交换角色，欧那尼不肯，他说这也是为父报仇的时刻，一定要亲自动手。一伙人开始唱出《卡斯迪亚的狮子》。突然间三声炮响，唐·卡罗、士兵与贵族们一起登场，宣布唐·卡罗被推选为神圣罗马帝国新皇帝。随后国王一声令下，所有谋叛者被一网打尽，欧那尼跪在国王面前请求国王宽恕大家。唐·卡罗突然心意一转，饶恕了大家，并允许埃尔维拉嫁给欧那尼。众人赞颂新皇帝的仁慈，唱出壮丽的合唱。只有觉得很丢脸的西尔瓦一人发誓要报仇。

众人正为欧那尼与埃尔维拉的婚礼唱出祝福的合唱时，混进一位身穿黑披风、戴着面具的男子，使大家感到不安。埃尔维拉与欧那尼登场后，轮流唱出爱的喜悦。这时远处突然传来号角声，欧那尼立刻脸色发青。假面男子竟是西尔瓦。如魔鬼一般的西尔瓦吹起号角，逼迫欧那尼依约交出性命。欧那尼与埃尔维拉哀求他手下留情，西尔瓦无动于衷，形成紧迫的三重唱。绝望的欧那尼举剑刺进自己胸膛，埃尔维拉失神昏厥过去。

《麦克白》
Macbeth

这是威尔地的第10出歌剧，也是首度使用莎士比亚原著写成的作品。1847年在佛罗伦萨首演大获成功，1865年本剧在巴黎上演时，威尔地曾修改此出歌剧。因为这时候的威尔地，已有18年写作歌剧的经验，却尝到失败的滋味。目前演出的都是修改过后的版本。本作品更具戏剧性的深度，特别是"梦游症"的场面，在威尔地的全歌剧中也是最精彩的部分。当然，美妙的管弦乐配器法也是不可忽略的。

故事发生于11世纪中叶。在一阵雷电交加中，魔女们唱出诡异的歌曲后，向两位侍候邓肯的将军麦克白与班柯预言说，麦克白不久将成为考多（Cawdor）的领主，然后登基成为苏格兰国王。接着又预言说:"但其王位将由苏格兰领主班柯的子孙继承。"话毕,马上传来麦克白受封为考多领主的圣旨,发现预言不虚的麦克白,不禁燃起登基的野心。

麦克白夫人正在阅读已成为考多领主的丈夫来信,知道了魔女的预言,野心高涨,于是唱出"快过来,点火"。夫人知道丈夫缺乏决心,于是怂恿麦克白利用今晚国王来访的机会,暗杀国王邓肯。不久国王一行人来访,这时,麦克白唱出独白"这就是我要用的短剑吗?"夫人斥责犹豫不决的麦克白。信号铃声一响,下定决心的麦克白立即潜入国王寝室。不久,麦克白拿着血淋淋的短剑步履蹒跚地走回来,麦克白夫人将弑君之过都推给卫兵,当众人获悉国王遭暗杀死亡后,在惊慌的骚动中落幕。

虽然已成为苏格兰国王,但他们对于后来的预言感到不安,而计划暗杀班柯的麦克白与其夫人唱出二重唱后,麦克白夫人再唱出凄凉的著名咏叹调《阳光变弱》。

深夜,接受命令的刺客埋伏在半路,带着儿子路过的班柯唱出咏叹调《天空突然变暗》。班柯遭到暗杀,儿子脱身逃掉。

这时皇室正在举行欢宴,麦克白夫人接着唱出《干杯之歌》。听到刺客回报的麦克白,在客席上看到血迹斑斑的班柯幽灵而精神错乱。

山洞里魔女们一面跳着诡异的舞蹈,一面唱着邪恶之歌《猫在热水中叫了三声》。心神不宁的麦克白前来请求预言。魔女给了他三个预言:"小心麦克德夫";"女人所生的,无人敌得过你";"只要巴南森林不移动,你就不会被打败"。麦克白听了暂时安心。但当他想确定"班柯将成为国王的父亲"这个预言是否仍将成真时,魔女却说"无可奉告",然后让麦克白看历代的8位国王的幽灵,其中一位正是班柯的幽灵,麦克白吓得昏厥过去。回到皇宫的麦克白将一切都告诉了麦克白夫人,夫人鼓励麦克白拿出勇气,并发誓要杀掉麦克德夫一族。

苏格兰流亡者齐声合唱出《受摧残的祖国》。遭麦克白军队袭击而丧失妻子的麦克德夫,唱出悲痛的咏叹调《啊,父亲的双手》。随后邓肯的遗子马尔康率军出现,他们砍下巴南森林的树木做掩护,勇往直前突击前进。接着登场的是著名的梦游场面。医生与侍女交谈着麦克白夫人最近的异常举止。这时虚弱的麦克白夫人出现,唱出凄惨的咏叹调《这里仍然是血迹斑斑》。每夜她都手持蜡烛,整夜在皇宫里徘徊,反复做着洗手的动作。

获知麦克德夫正向自己攻击的消息,麦克白唱出咏叹调《背叛者》后,侍女前来告诉他"夫人已经过世",士兵也进来告诉他说"巴南森林在移动",致使他瞬时陷入半错乱状态。

麦克德夫攻进皇宫,与麦克白对决。麦克白仍坚信自己绝不会输给女人所生的人,麦克德夫宣称自己不是女人所生,是从母亲的肚子剖腹取出后,立即打败慌张的麦克白。众人齐唱出胜利之歌。

《纳布科》
Nabucco

在相继丧失两个孩子与妻子后,在悲痛中所写的《一日国王》反应不佳,威尔地完全跌入谷底。此出歌剧,就是在斯卡拉歌剧院经理梅雷利的勉励下完成的。虽然粗糙没有修饰,但却洋溢出无比的热情,成为威尔地早期的杰作。各幕皆附有标题,是以《旧约全书》为素材编写而成的。

第一幕 "耶路撒冷",耶路撒冷的所罗门神殿内

害怕纳布科国王率军入侵的希伯来群众,齐声合唱向神明祷告。祭司长撒迦利亚安慰大家说,我们手中还有巴比伦公主菲妮娜做人质,要大家不必失望。犹太王的侄儿伊斯马列想暗中放走爱恋的菲妮娜。这时纳布科的女儿阿碧嘉蕾手持利剑登场,爱慕伊斯马列的阿碧嘉蕾,想以爱情交换拯救希伯来人民,被伊斯马列所拒。纳布科骑马冲入,玷污了神殿,愤怒的撒迦利亚想刺杀菲妮娜,却被伊斯马列拦阻。纳布科下令毁了神殿,一片混战中只见撒迦利亚奋力地在烈焰中拯救神殿。

第二幕 "背信"

阿碧嘉蕾看到秘密文件记载,发现自己竟是纳布科与奴隶所生的女儿后,悲伤地唱出《命运的文件啊》,她知道纳布科一定会将王位传给菲妮娜,于是心中怒不可遏,决定隐瞒实情

让大家以为她才是真正的公主,于是唱出咏叹调《我也有过幸福的日子》。这时巴力大主教来报告说,菲妮娜释放了被捕的希伯来人,并唆使阿碧嘉蕾夺取王位成为女王。阿碧嘉蕾立即燃起野心唱出跑马歌(Cabaletta)《如今我必须夺取染血的金黄色宝座》。

撒迦利亚祈求光复以色列,唱出《至高无上的神啊》。然后宣布说,菲妮娜因爱上伊斯马列而改变信仰。随后阿碧嘉蕾出现,逼迫菲妮娜交出皇冠。纳布科登场,抢回皇冠大叫说自己是神,不是国王。这时突然发出震耳欲聋的雷声,纳布科被击倒,并陷入错乱状态,唱出"是谁想夺取我的王位"。阿碧嘉蕾趁机捡起掉落地上的皇冠。

第三幕 "预言"

众人合唱歌颂"亚述才是女王"。憔悴的纳布科在阿碧嘉蕾的逼迫下,在希伯来人的死刑判决书上画押。获悉菲妮娜也被处死刑的纳布科谴责阿碧嘉蕾,阿碧嘉蕾则当面销毁了秘密文件。她骄傲地戴着皇冠,与请求饶恕菲妮娜一命的纳布科展开二重唱。

被囚的希伯来人,合唱出思乡之歌《我的思念,乘着金色的翅膀走吧》。撒迦利亚预言说"在未来的黑暗中,可以清楚看到巴比伦的灭亡",使人人恢复生机。

第四幕 "被摧毁的偶像"

纳布科看到菲妮娜被押赴刑场,向神明祷告。一直到清醒后,才发现自己已被囚禁,在阿布达罗的支援下,纳布科发誓率兵出发,拯救爱女和希伯来人。

菲妮娜与希伯来人一起被押赴到刑场。菲妮娜唱出"啊,天堂的门已开"。突然有人高喊:"纳布科万岁!"纳布科率众冲入,下令摧毁偶像,并高喊"希伯来人啊,重回祖国建神殿,只有以色列的神最伟大"。众人一同称颂"伟大的耶和华"。一口气喝下毒药的阿碧嘉蕾,向菲妮娜致歉,并请求纳布科宽恕后气绝身亡。众人称颂信奉耶和华的纳布科才是王中之王。

《弄臣》
Rigoletto

此出歌剧是威尔地最成功的名作之一,也因此剧而巩固了他在意大利歌剧界的地位。这部歌剧是受费尼杰剧院委托,根据雨果的原作《逍遥王》(*Le roi s'amuse*)而写成的。它是描写真实人物法王弗兰西斯一世的糜烂生活与暴行的,因为被套上"反王朝"的罪名,因而遭意大利当局禁演。后来改变了时间、地点与角色名称,并将标题《诅咒》(*La maledizione*)改成《黎哥莱托》(*Rigoletto*),始获准上演。

威尔地歌剧《弄臣》中女主角吉儿达的各种造型, 此图现藏于米兰斯卡拉剧院博物馆。

　　曼图亚公爵的宫廷大厅正在举办盛大的舞会。好色的曼图亚公爵唱出咏叹调《这个好呢, 还是那个好呢》。见到一群贵妇人走过来的公爵诱惑着柴普拉诺伯爵夫人, 将她带入另一个房间跳舞。驼背的宫廷弄臣黎哥莱托不怀好意地嘲笑起妒火中烧的柴普拉诺伯爵。这时朝臣们开始讨论一则八卦。据说驼背的弄臣黎哥莱托竟然在城外金屋藏娇, 大家你一嘴我一嘴地讨论如何绑架黎哥莱托在外面所养的女人。女儿受到公爵侮辱的孟特罗内伯爵这时也跑来咒骂公爵。黎哥莱托见状亦加以嘲笑。怒不可遏的孟特罗内伯爵, 对着黎哥莱托下了诅咒说："你这混账东西，居然敢嘲笑我这个不幸的父亲，小心可怕的诅咒，也会同样降落在你身上。"使非常迷信的黎哥莱托感到惶恐不安。

黎哥莱托在回家途中遇到自称是刺客的斯巴拉夫琪勒，询问他："是否有事可以效劳？"黎哥莱托回说"暂时没有"，并且悲伤地唱着："我们两个是同好，他拿刀杀人，我用嘴杀人。"回到家中的黎哥莱托，与迎接他的女儿吉儿达形成二重唱。女儿又问起去世母亲的事，黎哥莱托只唱出"不要再勾起我悲伤的回忆"，并且交待奶妈，任何人来都不要开门，连公爵也不例外。当黎哥莱托离去之后，乔装成学生模样的曼图亚公爵悄悄潜入屋内，向吉儿达轻声细语表达爱意。吉儿达也加以回应唱出爱的二重唱《你是心里的太阳》。公爵离去后，单独一人的吉儿达唱出咏叹调《亲爱的名字》。不久黎哥莱托回来，他在门口遇见朝臣们。朝臣们欺骗黎哥莱托说要绑架柴普拉诺伯爵夫人，佯称需要他蒙住眼睛帮忙，然后把吉儿达掳走。发觉受骗的黎哥莱托大叫："这可恶的诅咒！"

听到吉儿达被绑架的消息后，公爵悲伤地唱出咏叹调《泪洒千行》后，朝臣们跑来报告说，昨夜掳来了黎哥莱托的女人，公爵马上领悟到她就是吉儿达，于是喜上眉梢地立即奔了过去。黎哥莱托登场后，急忙询问吉儿达的下落，朝臣们假装不知道。黎哥莱托耐不住唱出悲痛的咏叹调《你们这些妖魔鬼怪》，一边咒骂一边哀求。吉儿达跑出来后，唱出被公爵侮辱的咏叹调《在每一个礼拜天早上》，述说和公爵相遇的经过，黎哥莱托慈爱地安慰着女儿形成充满感情的父女两人悲切的二重唱《尽情的哭吧，我的女儿》。黎哥莱托决心要向好色的公爵复仇，吉儿达却极力加以劝止。

为了让女儿看到公爵的风流本性，黎哥莱托带她来到刺客斯巴拉夫琪勒的家。黎哥莱托决定在这里杀死公爵，但吉儿达却恳求父亲说："我永远爱他。"黎哥莱托问女儿："如果他背弃你，你还会爱他吗？"这时公爵来到刺客家，轻浮放荡地唱起《善变的女人心》，然后向斯巴拉夫琪勒的妹妹玛琳娜求爱。吉儿达见状十分悲伤，黎哥莱托说"你看清楚了没"。此时开始形成屋里屋外的四重唱《自从和你相见以来》。黎哥莱托要女儿暂时外出旅行，离开这个伤心地。公爵终于烂醉如泥卧倒在床上。黎哥莱托要斯巴拉夫琪勒杀了公爵，并且预付了一半的订金。这时暴风雨逐渐接近。爱上公爵的玛琳娜请求哥哥不要杀公爵，反而将黎哥莱托杀掉，哥哥不肯，他说："强盗赌徒也得讲信用。"身穿男装的吉儿达在这时出现，她偷听到这对兄妹的计谋，形成三重唱《如阿波罗一般的美男子》。这时斯巴拉夫琪勒和妹妹想了一个折中的办法，就是将第一个前来投宿的客人当做替死鬼代替公爵的性命。吉儿达闻讯，立即扮成旅客前来敲门，这时风雨交加，门一开，旅客即被利剑刺死倒地。瞬时风雨平息，响起午夜的钟声。黎哥莱托从斯巴拉夫琪勒手中接过一个大布袋，一边庆幸终于报仇，一边解开布袋。突然从远方又传来公爵哼唱《善变的女人心》的歌声。黎哥莱托急忙打开布袋一看，发现吉儿达已奄奄一息。父女俩唱出悲叹的二重唱《没有遵守吩咐的惩罚》。黎哥莱托紧紧抱住断气的女儿，大声叫道："啊，这可怕的诅咒！"昏厥在女儿的尸体上。

《游吟诗人》
Il Trovatore

这是威尔地的第17出歌剧作品，也是他在圆熟期创作的三大歌剧之一。全剧的热闹气氛、华丽的歌曲和人物的刻画入微，将意大利歌剧的特征表露无遗，从首演以来即受到极大的赞赏。剧本是根据西班牙戏剧《游吟诗人》改编。背景是15世纪的西班牙。

15世纪初叶。队长费兰多为了驱走卫兵们的瞌睡虫，开始向宫殿的卫兵们讲述从前发生在伯爵家的故事。他说过去有一对兄弟，哥哥就是现在的卢纳伯爵，弟弟自幼多病，怀疑是受到吉卜赛女巫的诅咒，女巫因此被活活烧死。女巫的女儿阿丝杰娜为了报仇，掳走了这个弟弟。奇怪的是火刑场里却烧出幼儿的尸骨，幼儿的父亲曾一度放弃，后来又深信幼儿还活着，死前的遗言中特地交代长子卢纳伯爵必须找出弟弟。士兵们听到这个可怕的故事，不禁纷纷打了寒战。

女官雷欧诺拉和女仆一同走进庭院，等待爱人的出现，唱出咏叹调《一个宁静的夜晚》。这时卢纳伯爵开始对雷欧诺拉倾吐爱意，但同时传出游吟诗人曼利可的歌声。雷欧诺拉一听，知道那才是自己的爱人，于是向曼利可发誓对他的爱永不变心。但却引起伯爵的不满，愤怒的卢纳伯爵拔剑逼向曼利可，雷欧诺拉劝阻无效，两人开始决斗。

吉卜赛人齐声合唱着"看吧！黎明已经到来"，并且精神抖擞地在铁砧上打着铁器。阿丝杰娜回忆起自己的母亲被活活烧死的可怕情景，不禁唱出"燃烧的熊熊烈火"。然后针对曼利可的询问脱口说出，当时她心乱如麻，抱起可恶伯爵的儿子就丢入火刑场中，结果发现在火中的幼儿竟是自己的儿子。曼利可纳闷问说："那么我是谁？"阿丝杰娜慌张否认。并且问曼利可为何与伯爵决斗失败却没有被伯爵杀死的经过。曼利可说："就在伯爵举剑要杀我时，天上传来'不可杀害'的声音。"不久传来消息说，雷欧诺拉以为曼利可在决斗中死亡，准备进入修道院，曼利可闻讯立即奔去。

卢纳伯爵埋伏在修道院附近，唱着咏叹调《你的微笑》，而想抢夺在修女簇拥下出现的雷欧诺拉时，曼利可及时赶到。看到曼利可还活着的雷欧诺拉十分惊喜，而卢纳伯爵面对有人横刀夺爱则异常狂怒。此时在他们三人的三重唱，再加入士兵与家臣们的合唱形成协奏风格的演唱。最后卢纳伯爵因寡不敌众，眼睁睁看着曼利可带走雷欧诺拉。

士兵们齐唱出《掷骰子》的合唱后，阿丝杰娜被押解送到卢纳伯爵面前，互相得知对方是仇敌。而且当伯爵知道阿丝杰娜是曼利可的母亲后，心里更是大喜。不久，他发现面前的这个人正是拐走他弟弟的嫌犯，于是在城墙外搭好火刑台，想引

威尔地歌剧《游吟诗人》乐谱的插画。

诱曼利可出现。

为了安抚爱人不安的情势，曼利可唱着咏叹调《啊，亲爱的人儿》，这时路易斯前来通报说，阿丝杰娜身处险境。曼利可唱出怒火冲天的咏叹调《火刑台上可怕的烈火》，尽管知道处处有陷阱，仍然冲出城外营救母亲。

曼利可终于被捕，前来为他求情的雷欧诺拉，唱出悲切的咏叹调《爱情乘着玫瑰色的翅膀》。随后钟声响起，传来《求主垂怜曲》的祈祷合唱。曼利可也从监狱中传来"最后时刻已到"的歌声。这时雷欧诺拉跟卢纳伯爵约定，要以身相许来换取曼利可的性命，不过雷欧诺拉却暗中饮下毒药，不知情的伯爵大喜。

曼利可与阿丝杰娜唱出互相安慰的二重唱后，雷欧诺拉走了进来，当曼利可知道必须出卖爱情时，拒绝雷欧诺拉的营救，这时阿丝杰娜感到如梦似幻，也加入两人的歌唱中形成三重唱，就在此时，雷欧诺拉毒发身亡。伯爵发觉受骗后十分愤怒，于是下令处决曼利可。阿丝杰娜见状高喊，曼利可是你的弟弟，我已经为我母亲复仇了。

《茶花女》
La Traviata

这是威尔地最受人欢迎的名作，在歌剧院上演的次数遥遥凌驾于其他歌剧。是以高级妓女作为主角，违反当时禁忌的野心之作。首演时虽然失败，但在今天本剧已成为威尔地，甚或意大利歌剧的代名词。这是根据小仲马的小说《茶花女》改编而成的歌剧，威尔地抛开宗教、爱国的主题，直接描写爱情，全剧的焦点完全集中在男女主角身上，其优美的音乐，清新感人，戏剧张力非凡，深深打动人们的心。

在薇奥莉塔的客厅中布置得富丽堂皇，佳肴美酒，热闹非凡。晚会的贵宾们合唱出《快乐人生》，女主人薇奥莉塔周旋在宾客中，脸上始终挂着甜美的笑容。富农之子阿非烈德向薇奥莉塔倾吐爱慕之情，与不太敢相信而有点心动的薇奥莉塔形成二重唱，之后在大家的怂恿之下，阿非烈德唱出著名的《饮酒歌》，大家酒酣耳热。就在圆舞曲音乐响起后，薇奥莉塔忽然感觉身体不适，脸色苍白，挂虑着她的阿非烈德则殷切的要她保重身体，倾诉着对她的爱慕之情，薇奥莉塔的内心也深深地被感动着，当告别的时刻来到时，她取下胸前的茶花送给阿非烈德，并约定再见面。贵宾们一一告辞后，薇奥莉塔独自沉思，唱出耐不住内心欢喜的咏叹调《啊，我的梦中人》。但又想起自己坎坷的身世和卑微的身份，而不自觉地悲伤起来，但乐观的她仍然想着，"忘掉一切，就在快乐的旋涡中消失吧！"于是薇奥莉塔再唱出《及时行乐》的跑马歌。这时从远方传来阿非烈德的情歌，让薇奥莉塔心乱如麻。

薇奥莉塔和阿非烈德的爱情迅速地发展起来，两人放弃巴黎的浮华生活，搬到乡间筑起爱巢，生活开销完全依赖薇奥莉塔变卖珠宝首饰而来。这样的日子大约过了三个月，这时阿非烈德正唱着咏叹调《我沸腾的心》，叙述他与薇奥莉塔的爱情生活，女佣安妮娜跑来告诉他女主人的首饰已变卖一空，家里的经济已陷入窘境，阿非烈德感

《茶花女》中女主角薇奥莉塔的服装造型，现藏于慕尼黑国家剧院。

到十分惭愧,急忙赶往巴黎筹措用款。薇奥莉塔正读着芙罗拉交给她的舞会请帖时,阿非烈德的父亲杰蒙来访。老绅士一看到薇奥莉塔,便以严厉的口吻责怪她诱拐阿非烈德。但当他知道为了爱,薇奥莉塔变卖了所有的积蓄之后,反而觉得她并不是很坏的女人,但因为薇奥莉塔的存在有碍于女儿的婚姻,杰蒙依然逼迫薇奥莉塔必须跟阿非烈德分手。薇奥莉塔拗不过杰蒙,终于忍痛答应了他的要求。杰蒙表示感谢,告辞而去。薇奥莉塔依依不舍离开了伤心之地。当筹钱回家的阿非烈德看到薇奥莉塔所写的告别书后,以为爱人变了心,胸中燃起了愤怒之火。这时杰蒙出现,对儿子唱出咏叹调《普洛凡斯的海与陆》,催促儿子赶紧回乡。阿非烈德却无动于衷,直奔巴黎寻找薇奥莉塔。

在芙罗拉家的舞会里,薇奥莉塔与阿非烈德分手的事情,很快成为大家谈论的话题。吉卜赛人与斗牛士们表演载歌载舞的余兴节目后,阿非烈德出现在现场并加入卡斯东一伙人的赌局,不久倚着旧情人杜霍尔男爵一起出现的薇奥莉塔,看到阿非烈德不禁脸色发青。在赌博中,阿非烈德赢了一大堆钱。当着大家的面,阿非烈德质问薇奥莉塔为何离开他,薇奥莉塔为了信守承诺,伪称她已爱上了杜霍尔男爵,阿非烈德非常生气,当众将一大堆金币丢向薇奥莉塔跟前并鄙夷地说:"这个女人为了我变卖了财产,现在我要把债还给她。"可怜的薇奥莉塔立即昏厥过去。众人见状,同声谴责阿非烈德的不是。这时赶来的杰蒙也斥责儿子说:"你这个可恶的懦夫,竟然如此伤害她,我不愿再认你这个儿子。"阿非烈德感到后悔不已。但这时杜霍尔男爵却要求与阿非烈德决斗。清醒后的薇奥莉塔心碎地唱出《总有一天你会了解我的爱》。在感人的此刻,每个人都表白心情,交织成巧妙而壮丽的大合唱,充满戏剧张力,相当感人。

因为受到太大的刺激,几个月后,郁郁寡欢的薇奥莉塔终于卧病在床,医生葛兰维尔告诉安妮娜说,薇奥莉塔活不久了。薇奥莉塔反复阅读着杰蒙寄来的信:"阿非烈德与杜霍尔男爵决斗后,杜霍尔负伤已经快要痊愈。阿非烈德去往国外,我已经告诉他一切真相,他会前去向你赔罪,我也准备去探望你……"薇奥莉塔不禁叹道:"太迟了!"唱出咏叹调《过去美好的光阴》。阿非烈德冲了进来,激动地拥抱着薇奥莉塔,唱出感人的二重唱《让我们离开巴黎》。薇奥莉塔立即想要到教堂去感激神让阿非烈德回来,却不支倒地。阿非烈德十分懊悔,责备刚好赶来的父亲说:"这一切都是你造成的。"父亲十分懊恼,但一切都太迟了。薇奥莉塔把嵌有自己肖像的链子交给阿非烈德,关怀地说:"如果有一天遇见一位如花的少女,真心爱上你,希望你娶她为妻,我在天国也会为你们祈祷祝福。"众人见状不禁流下哽咽的眼泪。突然间薇奥莉塔撑起身子说道:"不可思议,我的痉挛痛苦都不见了,我的体内有新的力量在滋长,多么快乐啊。"话毕便在情人的怀抱中断了气。

《假面舞会》

Un ballo in maschera

　　此出歌剧无论主角或配角都有活泼生动的表现，而且美妙的音乐更加强了戏剧的深度。不但是威尔地过去歌剧的集大成作品，更是其后所有杰作群中最早展现高峰的作品。本剧是根据斯克里伯（E.Scribe）的原作写成，以瑞典国王古斯塔夫三世的暗杀事件为主题，因此照例也遭到审查，在变更过时间、空间与人物名称后才得以举行首演。但今日也有人依原作演出。

　　一群贵族和侍从唱着称颂波士顿总督李卡德的合唱，他们正等着见伯爵，而其中也夹杂着妒恨李卡德的萨木尔与汤姆等一伙叛徒。一阵寒暄后，侍童奥斯卡呈上假面舞会的受邀名单。李卡德看到秘书雷纳多的妻子阿美莉亚的名字，于是唱出咏叹调《我又能再次和她见面》。阿美莉亚的丈夫雷纳多，担心刺客谋反的行动唱出咏叹调《为了你的生命》。这时法官出现，要求李卡德将妖言惑众的算命女郎邬莉卡处死。李卡德的侍童奥斯卡却为她辩解，李卡德决定乔装到邬莉卡的住处一探究竟。叛徒们见状窃喜"大好机会来了"。

　　位于郊外的女巫家，邬莉卡先祷告，之后唱出诡异的咏叹调《地狱之王啊》。就在这个时候，乔装成渔夫的李卡德一伙人走了进来。邬莉卡先为水手西瓦诺占卜运势，这时候阿美莉亚来到,希望能单独和女巫商谈,于是邬莉卡要所有的人回避,阿美莉亚问她:"有什么方法可以忘掉一段不正常的爱?"邬莉卡告诉她:"午夜时分,到郊外荒凉的死刑台下,摘到地下生长的魔法之草"便能赶走她的烦恼。李卡德偷听到她们的对话。阿美莉亚离开后,李卡德唱出咏叹调《下一次航海是否会平安无事》,要求邬莉卡为他卜命。不料邬莉卡却说出不吉利的预言"你将被现在起第一位跟你握手的人杀死"。这时迟来的雷纳多,在毫不知情下与李卡德握手,众人见状大吃一惊。李卡德一笑置之说"不可能的事,他是我最忠实的朋友",接着把钱赏给邬莉卡。

戴着面纱的阿美莉亚单独来到阴森的刑台前,颤抖地唱出咏叹调《如果能摘到那种草》后,吐露着她内心的烦恼,并摘下女巫所指示的魔法之草。这时李卡德登场向阿美莉亚吐露爱意,阿美莉亚夹在丈夫和爱人之间十分痛苦,却抗拒不了李卡德炽烈的爱,二人唱起爱的二重唱。就在二人沉醉时,雷纳多前来通知伯爵刺客已经逼近。李卡德用黑面纱蒙住阿美莉亚的脸,命令雷纳多把她带到街上,并且穿上雷纳多的斗篷逃走。叛徒们登场后,袭击雷纳多,阿美莉亚的面纱不慎被拉下,雷纳多发现"李卡德的情人竟是自己的妻子",不禁悲愤地呐喊,叛徒们同声嘲笑他。雷纳多则不慌不忙地请叛徒们明天早上来自己家里。

雷纳多逼迫阿美莉亚以死偿罪。阿美莉亚请求再见儿子一面,唱出咏叹调《这是我最后的愿望》。接着,雷纳多瞪着李卡德的画像,唱出气愤的咏叹调《原来是你玷污了她的心》。萨木尔与汤姆等人出现后,雷纳多立即入伙发誓要报仇。雷纳多要阿美莉亚抽签决定由谁刺杀李卡德,雷纳多被抽中后十分兴奋。这时奥斯卡送来化装舞会的邀请函,并说出李卡德也将参加此次舞会,一伙人开始密谋如何行动。

李卡德为了彻底忘掉阿美莉亚,决心让雷纳多夫妇转任别地,唱出悲情的咏叹调《我将永远失去你》。这时奥斯卡拿了一封一位戴着面具的妇人交给他的信进来,上面写着舞会里有人将行刺总督,但李卡德为了再见阿美莉亚一面,还是决定前去参加舞会。

宾客们戴着假面具载歌载舞。雷纳多到处找寻李卡德的行迹,不得要领下,只好向奥斯卡打听。奥斯卡唱出咏叹调《即使我知道也无可奉告》。阿美莉亚要身处险境的李卡德赶紧逃走,李卡德不顾一切向她诉说爱的离别,这时雷纳多悄悄走近,一刀刺入李卡德身体。痛苦的李卡德当众宣布,阿美莉亚是清白的,并赦免雷纳多等一伙叛徒,自己倒地身亡。众人群起,高声诅咒这可怕的夜晚。剧终。

《命运的力量》
La forza del destino

这是应圣彼得堡皇家歌剧院委托而写作的歌剧,也是一出讲究演唱实力的大抒情诗,1862年在圣彼得堡首演,1869

年,在威尔地大幅修改第四幕后,在斯卡拉剧院演出时大受欢迎,今日所上演的通常都是修订版。

18世纪中叶的西班牙。侯爵千金雷欧诺拉爱上了有印加帝国血统的阿瓦罗,却遭到父亲的反对,于是计划晚上与情人一起私奔,唱出浪漫曲《我将离开家乡》。但雷欧诺拉却又因思念父亲而踟蹰不前,形成难分难舍的二重唱。侯爵赶来后,阿瓦罗无意起争执,把手枪丢在地上以示不抵抗,不料手枪却走火射中侯爵。侯爵在诅咒中断气身亡,两人急忙逃离现场。

村民们一边舞蹈一边合唱。在逃亡途中与阿瓦罗失散的雷欧诺拉,身着男装出现,看到追他们两人的哥哥卡罗也在现场后,赶紧躲了起来。这时一位吉卜赛姑娘浦雷琪欧吉拉,唱起鼓声隆隆的战争颂歌。卡罗自我介绍说"我的名字叫培列达",把自己家里的事件说成是朋友家发生的故事。

从哥哥口中知道爱人仍然活着的雷欧诺拉,以为阿瓦罗为了活命,抛弃她独自逃亡,十分伤心,于是一边唱出咏叹调《仁慈的圣母》,一边敲着修道院大门。院长瓜第亚诺神甫出来后,答应让她隐居在附近山洞里,并集合所有的修道士,下令不准任何人接近她所隐居的山洞,或试探她的秘密。

脱险后成为意大利军人的阿瓦罗,悲叹自己的命运,唱出咏叹调《如天使一般的雷欧诺拉》。这时阿瓦罗解救了跟人打架的卡罗,互不认识的两人,发誓友情长存。战争开始后,两人一起并肩作战。身负重伤的阿瓦罗把自己的行李箱交给卡罗,说:"万一我死了,请把这箱子烧掉。"觉得非常奇怪的卡罗唱出咏叹调《这里面有我的命运》。当他发现皮箱里有雷欧诺拉的肖像时,非常激动,高兴自己终于可以亲手杀了阿瓦罗复仇了。

卡罗来到已经痊愈的阿瓦罗住处,两人唱起激动应对的二重唱后,准备决斗,被及时赶来的士兵们制止,带走了卡罗。阿瓦罗感到命运可畏,决心弃剑进入修道院。接着,浦雷琪欧吉拉与士兵,还有小贩们一起出现,一边合唱一边跳着塔朗特舞曲。从军的修士梅利东开始向大家说教时,就被当众撵走。众人与浦雷琪欧吉拉一同唱出活泼的《拉塔普兰之歌》。

五年后,梅利东向贫民们发放食物,一边唱出咏叹调《这里是旅馆吗》。卡罗登场后,叫出化名拉斐尔神甫的阿瓦罗。找寻阿瓦罗已经五年的卡罗,逼迫阿瓦罗决斗,阿瓦罗表明自己已不再执剑,拒绝与其决斗。最后阿瓦罗耐不住卡罗的再三侮辱,终于拿起剑来接受挑战。

雷欧诺拉唱出咏叹调《神啊,请赐和平》后,发现有人来到,于是躲了起来。中剑的卡罗哀号出现,阿瓦罗猛敲山洞的门,希望有人出来为临终的卡罗祝福。结果出来的却是雷欧诺拉,两人互相惊视对方。阿瓦罗无奈地说,我又杀死了你哥哥。垂死的卡罗趋前使出最后的力气,一剑刺进雷欧诺拉身体。赶来的瓜第亚诺神甫见状,与阿瓦罗和濒死的雷欧诺拉一起唱出悲伤的三重唱。雷欧诺拉挣扎说出"我在天堂等你"后,气绝身亡。

《唐·卡罗》
Don Carlos

这是根据席勒的原著改编而成的歌剧，这部伟大的戏剧透过威尔地的天分，成为人类最珍贵的瑰宝。这部大戏剧，利用咏叹调、重唱、合唱，以及巧妙安排的长弦乐曲，将人与人之间纠葛的复杂感情，巨细靡遗地表现出来。原作是用法文写成的大歌剧。此出歌剧中威尔地本人也作有四幕版等若干的改订版，这里则以今日最普遍使用的意大利文的五幕改订版为主。

16世纪中叶，西班牙王子唐·卡罗，思慕已订婚的法国公主伊莉莎白，唱出咏叹调《枫丹白露啊，这辽阔又寂寞的森林》。接着与迷路的伊莉莎白公主相遇，二人一见倾心，唱出爱的二重唱。这时侍童提巴特突然跑来通知说，伊莉莎白已成为唐·卡罗父亲菲利普二世的皇后。两人闻之色变，伊莉莎白为了两国的和平只好噙着泪水答应。

唐·卡罗前来祈祷时，一位修道士走近他身旁。这位修道士的声音与埋在这里的祖父卡罗五世非常相似，使唐·卡罗不禁颤抖。随后波沙侯爵罗德里克出现，建议他前往佛兰德斯，两人发誓友情长存，唱出光辉灿烂的二重唱曲。

女官们传出合唱的歌声，艾柏丽公主随兴唱出《面纱之歌》。伊莉莎白出现后，罗德里克交给她一封唐·卡罗的信。不久后唐·卡罗来到，说出心里抑制不住的爱情，然后与动心的伊莉莎白形成爱的二重唱。伊莉莎白从迷惑中清醒后，立即推开唐·卡罗。这时菲利普国王出现，看见伊莉莎白无人服侍，就下令将她随身的女官驱逐，伊莉莎白安慰女官唱出浪漫曲《别哭，我的好友》。接着，罗德里克向国王直言说，在菲利普的强权下，佛兰德斯民不聊生。国王虽认为他的思想非常危险，但仍相信他的忠心。

唐·卡罗把戴着面纱的艾柏丽公主看成是伊莉莎白，对她唱出情歌。艾柏丽很高兴地取下面纱，唐·卡罗现出惊讶的样子，知道被误看成伊莉莎白的艾柏丽怒火中烧。

群众在壮丽的合唱中歌颂西班牙国王。菲利普与伊莉莎白登场后，唐·卡罗带领佛兰德斯的使节们出现，恳求国王仁慈地对待佛兰德斯人民。国王怒斥"他们都是叛徒"。唐·卡罗欲拔剑，被罗德里克制止，国王因此晋封罗德里克为公爵。

菲利普一人唱出悲叹孤独的咏叹调《一个人寂寞难眠》后，宗教裁判长来到，要求将唐·卡罗与罗德里克处以死刑，未获得国王允许。这时伊莉莎白冲进来说，她的珠宝盒不见了，国王说就在这里，然后从盒子中拿出唐·卡罗的肖像，斥骂她是个不贞之人。其后，艾柏丽向伊莉莎白吐露实情说，珠宝盒是她所偷，自己也曾和菲利普发生乱伦关系，然后唱出痛恨的咏叹调《被诅咒的美貌》。

罗德里克来到监禁唐·卡罗的狱中，告诉他说，自己已经策划让国王认为他是谋反者，然后唱出觉悟死亡的咏叹调《这是我最后的日子》。突然枪声一响,罗德里克应声倒地。唐·卡罗见状十分悲叹愤怒。这时要求释放唐·卡罗的群众蜂拥冲入监狱,艾柏丽趁机救出了唐·卡罗。

伊莉莎白唱出咏叹调《神知道空虚的人世》后,与唐·卡罗携手唱出发誓在天堂相爱的二重唱。菲利普与宗教裁判长出现后,下令逮捕唐·卡罗。这时卡罗五世的幽灵突然出现,把唐·卡罗拉进墓室之中。

《阿依达》
Aida

这是一部场面华丽、充满异国情调的作品,故事感人肺腑,全剧洋溢着优美的旋律,是威尔地歌剧中与《茶花女》一样上演次数最多的作品。为纪念苏伊士运河开通,喜爱歌剧的开罗总督巴夏在开罗建起新歌剧院,并以前所未有的高酬金四千镑,邀请威尔地以埃及为题材,创作此出歌剧。1871年首演,即深受好评,大受欢迎。

故事发生在古代埃及。期待被选为埃及军统帅的拉达梅斯,唱出咏叹调《天上的阿依达》,幻想着只要凯旋归来,便能请求国王将女奴阿依达赐给他。埃及公主安奈莉丝,一心想吸引拉达梅斯注意,却始终未获得回应。原是衣索匹亚公主的阿依达,隐藏身世,如今以被捕女奴的身份出现,拉达梅斯对她无比倾心。安奈莉丝虽一直怀疑他们两人的关系，却苦无证据，这时埃及国王接获敌军来犯的通告，于是任命拉达梅斯为统帅，率军讨伐阿摩纳斯罗国王率领的衣索匹亚军队。众人高喊"胜利归来"后退场。独自一人留下的阿依达，夹在祖国与拉达梅斯的爱情之间而苦恼万分，唱出咏叹调《胜利归来》。

女巫与祭司们在合唱与舞蹈中祈祷过后，祭司长兰费斯将一把圣剑交给拉达梅斯，然后再向神明祷告祈求胜利。

焦急等待拉达梅斯凯旋归来的安奈莉丝，向阿依达谎称拉达梅斯已战死沙场，企图试探阿依达的内心。安奈莉丝斥责暴露真情的阿依达不过是个奴隶，怎能和她相提并论，使阿依达十分伤心。随后传来赞颂神明与祖国的雄壮合唱，拉达梅斯在欢呼中凯旋归来，俘虏被一一押解出来，阿依达看到父王阿摩纳斯罗也在其中，不禁大叫出来。阿摩纳斯罗要女儿不要泄露自己的身份，然后请求埃及国王宽容。兰费斯与祭司们都反对，要求将所有的俘虏处决。但拉达梅斯出面斡旋，最后只留下阿摩纳斯罗一人当做人质，其他俘虏全被释放。埃及国王褒奖拉达梅斯，当众宣布要把女儿安奈莉丝与王位赏给拉达梅斯。群众高声欢呼，拉达梅斯与阿依达却困惑绝望。在一旁的阿摩纳斯罗则发誓报仇。

安奈莉丝在兰费斯的陪同下走向伊西丝神殿。阿依达唱出思念祖国的咏叹调《啊，我的故乡》。阿摩纳斯罗出现后，逼迫女儿从拉达梅斯那里打听出埃及军情，被阿依达拒绝。阿摩纳斯罗立即斥骂说，你已不是我的女儿，只是法老王的奴隶罢了。阿依达心痛欲碎，只好答应父亲的请求。阿摩纳斯罗躲到暗处后，拉达梅斯出现，阿依达恳求他一起逃亡，拉达梅斯犹豫不决，阿依达毫不容情逼他，"既然如此，你就回到安奈莉丝身边"。拉达梅斯迫不得已只好答应，于是阿依达询问他"从哪一条路逃走最安全，拉达梅斯不经意溜口说出"从纳巴塔山谷"。偷听到的阿摩纳斯罗跑出来，表明自己就是衣索匹亚国王。拉达梅斯目瞪口呆，阿依达居中调解。这时安奈莉丝与兰费斯出现，大骂拉达梅斯"叛国贼"。拉达梅斯阻挡住想袭击安奈莉丝的阿摩纳斯罗，束手就擒，阿摩纳斯罗父女趁机逃走。

安奈莉丝对拉达梅斯苦苦相劝，只要你忘记阿依达，我愿救你一命。拉达梅斯表示叛国是事实，自己不愿蒙羞苟生。兰费斯与祭司们开始审问拉达梅斯，拉达梅斯却一言不发，安奈莉丝见状非常着急。最后宣判拉达梅斯将被处以活埋之刑。安奈莉丝大声抗议，祭司们不予理会，只是嘀咕说"叛国者该死"。

阿依达为了与情人共生死，趁机潜入地牢，等到牢门被封死之后，她才现身，并与被关在地牢里的拉达梅斯双双唱出永恒不变的爱情，并快乐地期待在天上结合。而地牢上层的神殿中，安奈莉丝穿着丧服，安详地为她所爱的拉达梅斯祈求冥福。

《奥赛罗》
Otello

　　这是威尔地开启崭新境地的作品。《阿依达》以前所用的编号歌剧形式在此已经完全消失。不但各幕的时间分配大致均等,结构也非常紧密。这是根据莎士比亚同名戏剧改编而成。当时博伊托因《梅菲斯托费尔》这出歌剧而声名大噪,于是想写这出歌剧,但怕自己没有能力完成,于是将写好的剧本拿来给威尔地。威尔地断断续续花了7年才完成。1887年在斯卡拉歌剧院首演,观众深受感动,戏剧结束之后,还到威尔地家门前致意。

　　在暴风雨中,新任总督奥赛罗一行人平安登陆。群众高声欢呼:"奥赛罗万岁!"看着卡西欧被提拔为副官。自己受到轻视而怀恨奥赛罗的亚果,向威尼斯贵族罗德里格表示,愿意帮助他得到奥赛罗的妻子黛丝德摩娜。酒宴开始后,侍从亚果一直劝副官卡西欧喝酒,唱出《干杯之歌》。被灌醉的卡西欧,与前任总督蒙塔诺发生争执,拔剑刺伤了蒙塔诺。奥赛罗喝止骚动,解去卡西欧的副官之职,亚果暗自欢喜。随后众人听令退场,只剩下奥赛罗与妻子黛丝德摩娜互诉衷情。

　　亚果建议卡西欧请求黛丝德摩娜替他说情,唱出《亚果信条》。然后使诈,让奥赛罗怀疑起卡西欧与妻子的关系。不知情的黛丝德摩娜,请求奥赛罗让卡西欧复职。不耐烦的奥赛罗,推说头痛，然后把黛丝德摩娜递给他的手帕丢弃在地上。亚果的妻子艾米莉亚捡起手帕，被亚果抢了过去。随后亚果编造了谎言，唱出《梦之歌》，说他听到卡西欧在梦里呼喊黛丝德摩娜的名字，煽动奥赛罗的妒火后，又拿出黛丝德摩娜的手帕作为证据，说手帕是卡西欧所拥有。怒火中烧的奥赛罗发誓要复仇，亚果也发誓效忠。

黛丝德摩娜再度请求让卡西欧复职，奥赛罗不加理睬，反而逼迫她拿出结婚时送给她的手帕。奥赛罗唱出沮丧的独白《神啊，你给了我不幸》。这时亚果带着卡西欧出现，奥赛罗躲在一旁。亚果设计让卡西欧滔滔不绝说出自己情人比安卡的事，奥赛罗以为他所说的是黛丝德摩娜。卡西欧不知情从口袋里掏出手帕，奥赛罗一见"没错，是黛丝德摩娜的"。这时响起大使抵达的鼓号声。奥赛罗誓言要黛丝德摩娜好看，亚果也发誓要杀死卡西欧，奥赛罗于是任命亚果为副官。大使一行人登场后，大使罗德维可即将来自威尼斯的命令书呈交

《奥赛罗》的一幕场景。

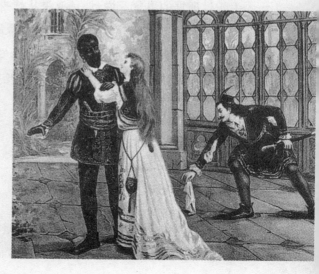

给奥赛罗。上面写着："奥赛罗召回威尼斯，总督由卡西欧继任……"读到这里，奥赛罗不禁发怒，把黛丝德摩娜推倒地上，并喝令众人退去，最后因过度激动而昏厥过去。这时远方又传来"奥赛罗万岁！"的叫声，亚果则在一旁耀武扬威。

黛丝德摩娜一边害怕死亡，一边唱出《柳枝之歌》，然后唱出《圣母颂》的祷告后睡下。这时奥赛罗悄悄走进来，惊醒了黛丝德摩娜，奥赛罗以她和卡西欧的越轨关系问罪，黛丝德摩娜辩解自己是清白的，要他找卡西欧来对质，奥赛罗却说"卡西欧已经被杀"，然后用双手勒紧黛丝德摩娜的颈项。突然艾米莉亚跑来报告说，要杀卡西欧的罗德里格反被卡西欧杀死。这时黛丝德摩娜在地上呻吟，奥赛罗说"她是被我所杀"，艾米莉亚惊叫，引来了亚果、卡西欧与蒙塔诺等人。艾米莉亚对拿着手帕做证据的奥赛罗说，那是亚果从她身上抢去的。卡西欧说他当时人在自己家里。随后蒙塔诺告诉大家，罗德里格在死前已说出一切真相，亚果闻声遁逃而去。知道中计的奥赛罗，悲痛万分，举剑刺进自己的胸膛，然后徐徐跪近黛丝德摩娜身边，气绝身亡。

《法斯塔夫》
Falstaff

这是威尔地最后一出歌剧。原作是威尔地爱不释手的莎士比亚戏剧，由博伊托写作的优秀剧本，再度燃起老作曲家的创作意愿，才有了威尔地自称为"喜歌剧"的作品。相较于过去多以悲剧见长的作品，威尔地在80多高龄，用更宏观的想法和圆熟无比的创作技巧，留给后人一部脍炙人口的喜剧杰作。

卡犹士医生大吵大闹地冲了进来，指称法斯塔夫两名狼狈为奸的侍从偷了他的钱，法斯塔夫蒙骗了气冲冲的卡犹士，然后把他赶了出去。嘉特酒店老板拿来结账单，口袋已经空空的法斯塔夫假装臭骂两个手下皮斯托拉与巴道夫是饭桶，然后唱出"从这酒店喝到那酒店"。接着，法斯塔夫以"那如星星般闪耀的眼神"表达出对福特夫人爱丽洁的爱慕，然后命令手下把他写给爱丽洁以及佩吉的夫人梅格的情书送去。两个手下以自己并非情书差使为由断然拒绝。法斯塔夫只好叫来侍童代劳，把两名手下赶了出去。

在福特家里，爱丽洁、梅格、桂克莉夫人与福特的女儿南内塔，四人一起看着法斯塔夫寄来的信，不禁哈哈大笑。四人商议如何教训法斯塔夫。女人走后，福特、芬东、卡犹士、皮斯托拉与巴道夫等人相继出现，纷纷指责法斯塔夫的恶行。芬东与南内塔唱出爱的二重唱后，所有人物出场唱出热闹的九重唱。

场景又拉回酒吧。法斯塔夫如往日般享受着佳肴，两个手下向法斯塔夫赔不是。这时桂克莉夫人出场，频频向法斯塔夫打招呼说"你好，你好"，然后告诉他说，爱丽洁正等着他呢。法斯塔夫高兴地唱出独白《走吧，老练的约翰》。这时易名为封塔纳的福特出现，他以金钱收买法斯塔夫，要他替自己去说服爱

斯密尔克(R.Smirke)所绘《在温莎公园的法斯塔夫》。《法斯塔夫》是威尔地
晚年的第一部喜歌剧。

丽洁,法斯塔夫说"早已安排好了"。完全不知这是妻子计谋的福特,愤怒地唱出《这是梦还是真实》。

爱丽洁装出等待的模样。法斯塔夫出现并唱出《当我还是诺福克公爵的侍童时》后,开始向爱丽洁调情。这时梅格以及狂怒的福特赶到现场,法斯塔夫躲进洗衣笼里。福特一行人在家里遍寻不见法斯塔夫踪迹。女人们吩咐仆人把洗衣笼抬出丢进泰晤士河,并开心地大笑。

好不容易才逃出洗衣笼、全身湿漉漉的法斯塔夫狼狈地唱出独白《这残酷的人世》后,杜克莉夫人登场,假装什么都不知道,并且向法斯塔夫转交了爱丽洁的信。另一方面,福特先生向卡犹士说明,要在今晚趁忙乱的时候,让他与南内塔完成婚礼。桂克莉夫人在一旁偷听到。

午夜的森林。芬东唱出《从嘴唇流出的情歌》后,南内塔也加入一起歌唱。其后,法斯塔夫遵照爱丽洁的指示,披上黑色外套打扮成"鹿角人"的模样出现,唱出"爱情的魔力使我变成野兽",然后开始向爱丽洁求爱。突然梅格惨叫一声"魔鬼来了",法斯塔夫立即蹲在赤阳木的树阴下。扮成妖精女王的南内塔唱出优美的歌曲《当夏天的微风吹来》后,打扮成妖魔鬼怪的众人纷纷登场,齐声高喊"刺吧,刺吧"并痛击法斯塔夫。福特按照计划,宣布要让卡犹士与妖精女王举行婚礼。当他脱去妖精女王的假面具时,不知何时妖精女王已变成巴道夫。福特只好苦笑着答应让南内塔嫁给芬东。最后在众人愉快唱出《人世间只是一场游戏》的热闹声中落幕。

古诺（1818—1893）

Gound, Charles Francois

《浮士德》
Faust

　　这是根据歌德著名诗剧写成的法国歌剧中的代表作，虔诚的天主教徒古诺，是以其独特的宗教音乐性，完成这具有抒情性与戏剧魅力的杰作。古诺原先是将整个诗剧全部写成歌剧，但因超过5个小时，初演时又大幅删除，改编成诗剧。其后每次上演都有修改，10年后才将原先的喜歌剧，改写成现在的大歌剧。德国把此剧看成是根据伟大哲学或文学写成的浪漫爱情故事，因而也将本剧题为《玛格莉特》（*Marguerite*）。

　　年老的浮士德，厌倦学问，认为自己虚度一生，诅咒人世间的空虚而大声喊道"魔鬼来吧"，梅菲斯托费尔应声出现。梅菲斯托费尔花言巧语，并让浮士德看见玛格莉特的幻影，被玛格莉特迷住的浮士德，立即答应以自己的灵魂和魔鬼交换青春，并签下合约，浮士德立刻得到青春之身，变成一位英挺的青年。

　　以一群学生的《饮酒歌》开幕。准备出征的瓦伦坦，担心妹妹玛格莉特，向神明祷告，唱出抒情短歌《在出门之前》后，将妹妹托付给浮士德的学生希贝尔照顾。接着,瓦伦坦的朋友华格纳,精神抖擞地唱出《老鼠之歌》,但立即被梅菲斯托费尔拦住,唱出野蛮的《金小牛之歌》。梅菲斯托费尔的怪异行径,很快就被发觉他是魔鬼,瓦伦坦与学生们纷纷在胸前画十字退场。在街上,群众正跳着圆舞曲,浮士德在人群中发现玛格莉特的幻影,趋前呼叫,玛格莉特不予理会,掉头就走。

爱慕玛格莉特的希贝尔唱着爱的浪漫曲《花之歌》,将一束花放在门口后离去。浮士德跟着梅菲斯托费尔一起出现,以抒情短歌《这个圣洁的居所》唱出爱的思念,然后在花束旁边放置一个珠宝箱,躲在暗处。玛格莉特出现,一边唱着古老的叙事歌《杜勒国王》,一边开始摇动纺车。突然间她发现珠宝箱,打开一看净是金光灿烂的珠宝,开始陶醉地唱起《珠宝之歌》。邻居玛塔见状,便盘问珠宝从哪里来,却被梅菲斯托费尔以花言巧语诱走。留下浮士德向玛格莉特倾诉爱意。看准浮士德成功被邀入家中后,梅菲斯托费尔开怀大笑走了。

经过一年,走过街道的女人,纷纷嘲笑玛格莉特跟陌生男子交往并怀孕后被无情地抛弃,玛格莉特痛哭着祈祷浮士德赶快回来。跟着士兵合唱《一起凯旋归来》的瓦伦坦,听到梅菲斯托费尔唱出讽刺的小夜曲后,不能忍受妹妹所受到的侮辱,跑出去准备跟浮士德决斗,不料被有魔鬼相助的浮士德打败,最后以诅咒的言辞斥责完赶来的妹妹,便断气身亡。一个人在教堂里祈祷的玛格莉特,因被出现的梅菲斯托费尔判罪,必须坠下地狱,失神昏厥过去。

在华尔普吉斯之夜(Walpurgis Night)的孤女飨宴上,跟随梅菲斯托费尔出现的浮士德,遭到古代美女们的诱惑,展开由七首嬉游曲(Dtvertissement)构成的芭蕾场面(以"浮士德的舞蹈音乐"闻名)。这时候,浮士德的脑海里突然浮现玛格莉特的幻影,感觉事有蹊跷,要求梅菲斯托费尔一起前往营救玛格莉特。因发疯杀死亲生儿子,入狱服刑的玛格莉特,看到浮士德来到后欢喜地与浮士德唱出爱的二重唱,但当魔鬼梅菲斯托费尔出现时,玛格莉特立即请求神明保佑,而后就断气倒地。这时候传来天使饶恕的歌声,玛格莉特的灵魂在天使护送下升天。

奥芬巴赫 (1819—1880)

Offenbach, Jacques

《地狱的奥菲欧》
Orphee aux enfers

这是奥芬巴赫最早的长篇轻歌剧，也是德国作曲家借用希腊神话讽刺人世，以明朗愉快的音乐吓破巴黎人胆子，而率先使奥芬巴赫被誉为"轻歌剧之王"的杰作。剧情的部分，亦因轻歌剧的制作方式常常被自由地更动，即兴演出。

音乐院院长奥菲欧的妻子尤丽迪茜，一边采花一边唱出思慕着情人阿里斯特的情歌，这时候奥菲欧刚好回来，误以为妻子就是自己的情人克罗埃，于是拿起小提琴奏出爱的小夜曲，不料事有蹊跷，夫妇俩开始转成吵架的二重唱。奥菲欧为维护音乐院院长的名誉，表明要向阿里斯特报仇后扬长而去，尤丽迪茜也赶去提醒情人。牧羊人阿里斯特原是地狱之王普鲁东的化身，他以咏叹调诉说，为了要把尤丽迪茜带回地狱，他托梦给奥菲欧，要他在麦田放置毒蛇。回到家的尤丽迪茜，看到情人在麦田就跑了过去，果然被毒蛇咬噬而死。获知普鲁东把妻子带去地狱的奥菲欧喜形于色，但这时候舆论来到，斥责他的不是，命令他请求万能的神朱庇特帮他救回妻子。

当诸神还在沉睡的时候,维纳斯与朱庇特于早晨归来。不久之后黛安娜吹起了号角,众神皆醒。黛安娜因自己的情人阿克提翁被变成鹿而愤愤不平,众神也以同样的口气谴责众神之王朱庇特的独裁。朱庇特担心因自己的绯闻而失去威权而闷闷不乐,当他诘问普鲁东是否诱拐凡界的良家妇女时,反遭众神围堵攻击。这时候舆论带着奥菲欧一起出现,奥菲欧模仿格鲁克的著名咏叹调唱出自己的心情。请求普鲁东把妻子还给他。但普鲁东矢口否认,朱庇特于是决定亲率众神入地狱一探究竟。刚到地狱不久的尤丽迪茜,感到非常寂寞无聊。原是波奥提亚国王子,现是普鲁东男仆的约翰·史第克斯,向她求爱,使她更加难耐。化成苍蝇飞进房间的朱庇特,对尤丽迪茜一见钟情,于是变回本来的模样,引诱尤丽迪茜说要带她去奥林匹斯山,尤丽迪茜欣然答应,两人商议趁诸神宴会正忙乱之际脱逃。

天地诸神群聚,痛快畅饮,歌舞喧哗。化装成酒神女巫的尤丽迪茜,遵照朱庇特的暗示准备逃走,却被普鲁东发觉加以阻止。这时奥菲欧一边拉着小提琴跟随舆论前来哀求还他妻子,害怕舆论的朱庇特,不得已交出尤丽迪茜,并与奥菲欧立下约定,在渡河带回尤丽迪茜到人界之前,不可回头看自己的妻子。奥菲欧一路上都未回头。见状非常生气的朱庇特突然发出雷电,中计的奥菲欧终于转过头来。这时候,普鲁东主张要把尤丽迪茜留在黄泉之国,朱庇特不予理睬,宣布要让尤丽迪茜成为酒神巴卡斯神殿的女巫。奥菲欧把愁眉苦脸的舆论置之一旁,一个人高兴地返回人间。

《霍夫曼的故事》
Les contes d'Hoffmann

　　剧中的主人翁霍夫曼是擅长小说、作曲与法律的诗人，本剧就是以他的三部幻想性短篇小说作为题材，由轻歌剧之王奥芬巴赫作曲。但奥芬巴赫未完成就去世了，其后由纪罗（Ernest Guiraud）补写改订。在作曲者去世四个月后，本剧以删减版的形式举行首演。但在巴黎首演的道白喜歌剧版，以及同年在维也纳上演的朗诵调大歌剧版的乐谱，都在剧院的一场大火中化为灰烬。其后，1904年在蒙特卡罗上演的舒丹斯版（Choudens），虽长久成为最终版，但因曾经被认为是伪作，至今仍留下许多疑问。1976年和1984年，人们在作曲者的遗物中发现了大量的手稿，大幅改订演出的机会也就越来越多。

　　在纽伦堡歌剧院旁的路特尔酒店里，顾问官林道夫从首席女星丝特拉的仆人安德列那里，收买到丝特拉与诗人霍夫曼幽会的情书。跟好友尼克劳斯一起出现在酒店的霍夫曼，应学生们的要求，唱出自童话中主人翁克兰扎克的歌曲后，开始讲述自己遭遇三次不幸的恋爱故事。

　　正当霍夫曼看上史巴兰萨尼博士的女儿奥兰比娅时，柯贝流斯出现，他卖给霍夫曼一副"魔术眼镜"，并从博士那里取得一张报酬支票后离去。奥兰比娅为客人们表演人偶咏叹调，霍夫曼一戴上魔术眼镜马上为她着迷，把好友尼克劳斯的劝告置之一旁。当众人离去只剩下两人时,霍夫曼向奥兰比娅倾吐爱意,奥兰比娅只做机械性的点头。两人随后跳起圆舞曲,但因转速太快,霍夫曼被甩了出去,奥兰比娅则在隔壁的房间中消失,发出了人偶破裂的声音。柯贝流斯因支票不能兑现、弄坏人偶与博士起了争执,两人相骂登场。霍夫曼这时候才知道奥兰比娅原来只是个人偶,整个人目瞪口呆说不出话来。

高级妓女朱丽叶塔的客厅高朋满座,朱丽叶塔与尼克劳斯首先联手唱出一首二重唱的船歌,接着霍夫曼应朱丽叶塔的要求,唱着饮酒歌。以钻石为饵操控朱丽叶塔的魔术师达贝杜托,在上次夺走史雷密尔的灵魂后,告诉朱丽叶塔这次的目标是霍夫曼。被朱丽叶塔的妖艳诱惑后失去影子的霍夫曼,在决斗中击倒史雷密尔,并拿到朱丽叶塔的房间钥匙。但一切为时已晚,在往别处划去的小船上,朱丽叶塔依偎在另一位男子身上发出笑声,发觉警官来到的尼克劳斯,赶紧将霍夫曼带离现场。

患有肺病的姑娘安东妮娅,唱着浪漫曲诉说她对霍夫曼的恋情。父亲克雷斯贝出现,告诫她不要再唱歌,不然会跟死去的歌手母亲一样的下场,然后命令重听的仆人法朗兹不准任何人进来,可是法朗兹听不懂其意,霍夫曼依然走入房间,向安东妮亚诉说绵绵情意。突然间,霍夫曼发现有人进来,机警地躲了起来,安东妮娅也往里面走去。这时候米拉克医生与制止他进来的克雷斯贝一起出现。医生不经意地伸出手来做出把脉的样子,并命令安东妮娅唱歌,说也奇怪,这时候从里面的房间突然传出歌声,安东妮娅以痛苦的样子出现。克雷斯贝虽奋力赶走了医生,但医生仍不知不觉地潜入安东妮娅的房间,以魔鬼般的耳语催使安东妮娅唱歌,并施法让挂在墙上的母亲画像复活,激励女儿唱歌。果然安东妮娅终于在疯狂的高歌中不支倒地。医生上前把脉,冰冷地宣告安东妮娅已断气身亡,克雷斯贝与霍夫曼见状呆若木鸡。

霍夫曼讲完故事后,一直到隔壁的剧院响出喝彩声,学生们才纷纷从睡梦中醒来。原与霍夫曼幽会的丝特拉跳上舞台,眺望着酩酊大醉进入缪斯女神之梦的霍夫曼,然后与林道夫携手离去,最后全剧在学生们赞颂美酒的合唱声中落幕。

《被出卖的新嫁娘》

The Bartered Bride(*Prodana nevesta*)

　　这是斯美塔那以喜剧风格描写捷克农村生活的歌剧作品,不但是捷克最早的民俗歌剧,也是其代表作。

　　今天是春祭的日子, 村民们唱着春天来访的快乐心情并且热闹地跳着舞。在这愉快的气氛中,只有农民克鲁西纳的女儿玛珍卡独自一人唉声叹气。她的情人耶尼克由于是外乡人,父亲不允许他们结婚。更糟的是,双亲还准备把她嫁给一位未曾谋面的农场大地主。玛珍卡把这事情告诉耶尼克,互诉身世之后,相互安慰离去。接着,玛珍卡的双亲与媒人柯札尔一起登场, 柯札尔催促大家赶快让玛珍卡与大地主米哈的儿子瓦塞克结婚。但事情真相是,柯札尔把智障的瓦塞克说成一表人才的青年,企图诈取一笔可观的礼金。这时玛珍卡刚好回来,父亲马上鼓励她去相亲, 玛珍卡坚决不跟耶尼克以外的男子结婚,父亲大怒,柯札尔则拿出以前克鲁西纳夫妇答应将女儿嫁给米哈儿子的契约书给她看。玛珍卡说"这与我无关",掉头就走,柯札尔见状只好去跟耶尼克交涉。不久后,村民再次聚集,载歌载舞跳着波卡舞曲。

男士们饮着可口的啤酒,一同跳着富里安舞曲(Furiant),然后全部离开酒店。接着瓦塞克在母亲哈塔的命令下来到酒店与结婚对象玛珍卡见面。不久玛珍卡出现,一见这男子马上知道他是想要与自己结婚的对象,心想幸好他并不认识自己。于是对瓦塞克说,你的结婚对象是只母老虎,千万不要跟她结婚。两人退场后,柯札尔带着耶尼克出场,柯札尔建议耶尼克娶另一位有钱的姑娘为妻,要他放弃玛珍卡。耶尼克则趁机要求补偿金,一直等到柯札尔喊到三百金币后才答应下来。但耶尼克也提出条件说,玛珍卡必须嫁给米哈的儿子,双方同意后才签下合约。柯札尔心想,米哈的儿子不就是瓦塞克吗,不禁开怀大笑。另一方面,获悉耶尼克为了金钱出卖情人的村民们,纷纷交相谴责耶尼克。

瓦塞克一边思念着在酒店认识的姑娘,一边感叹地走了出来。这时来了一个巡回演出的马戏团,瓦塞克对团中的美丽舞星埃丝美拉达一见钟情,欣然答应代替团中一位酒醉的演员扮演"熊"的角色,开始随团高兴地练起熊舞。这时听说自己被耶尼克出卖的玛珍卡出现,看着柯札尔拿出的合约书放声痛哭。一个人留下的玛珍卡,不肯相信耶尼克竟做出这种事。当她自言自语的时候,耶尼克来到,玛珍卡立即激动骂他是个负心汉,泄愤说出要与瓦塞克结婚。这时柯札尔也跟着出现,要她答应嫁给米哈的儿子。不久后,克鲁西纳夫妇与米哈夫妇全部到齐,玛珍卡终于同意嫁给米哈的儿子。这时耶尼克及时出来,说明自己其实是米哈失踪多年的儿子,并点破柯札尔从头到尾的计谋,要求遵照合约与玛珍卡结婚。真相大白后,玛珍卡欣喜雀跃,柯札尔则懊悔不已。

小约翰·施特劳斯 （1825—1899）

Strauss, Johann

《吉卜赛男爵》

Der Zigeunerbaron

原著是匈牙利作家乔盖伊（Mon Jokai）的小说，喜欢这部小说的小约翰·施特劳斯，是根据乔盖伊的记者好友舒尼兹拉（Ignaz Schnitzer）的剧本，写出这出轻歌剧，并且在小约翰·施特劳斯60岁生日的前一天举行首演。而本剧亦成为其轻歌剧中仅次于《蝙蝠》的著名作品。

背景是18世纪中期的匈牙利。青年人奥特卡挖宝一无所获空手回来。传说20年前统治这里的土耳其总督，在被奥军追杀时，把一笔宝藏埋在此地。当吉卜赛老婆婆讽刺奥特卡唱出"每天忙碌奔波"时，当地地主巴林开在卡内罗伯爵的引导下，从船上走了出来。被迫流亡异乡的巴林开，此时唱出"年轻时无忧无虑的时光"，以及过去坎坷的流亡生活。当巴林开要办理土地继承手续时，有钱的养猪户朱邦来到。他被要求在继承书上签字作证，朱邦却唱道《我最怕读书写字》，自嘲不学无术。觊觎宝藏的朱邦心想，如果巴林开继承了这里的土地，就要把自己的女儿阿赛娜嫁给他。巴林开唱出表示愿意的情歌，

《吉卜赛男爵》第三幕的一景,《吉卜赛男爵》这出轻歌剧以匈牙利为舞台背景,叙述匈牙利王储的爱情故事。

但美丽的姑娘阿赛娜却毫无意愿,因为她的芳心早已许给奥特卡。当人们都离去的时候,巴林开不知何去何从,突然吉卜赛老婆婆兹普拉带着他的族人,前来迎接新领主回家。巴林开高兴地前往朱邦家访问,并在阿赛娜与众人面前宣布要娶吉卜赛姑娘萨菲为妻。

爱上萨菲的巴林开,唱出《这甜美的夜晚》向她求婚,两人沉浸在幸福的爱河里时,萨菲的养母兹普拉却意外在梦里发现宝藏所在。三人前去挖掘时果然找到宝藏,不禁大喜跳起《宝藏圆舞曲》。这时仍到处挖掘宝藏的朱邦一伙人,获悉此事后十分懊悔。身为政府委员的卡内罗伯爵,宣布不承认巴林开的婚姻时,号角声响起,县长霍莫那伊伯爵为西班牙战争领军前来募兵,唱出盛大的募兵之歌后,劝大家喝下表示愿意从军的募兵之酒。在不知情的情况下喝下此酒的朱邦与奥特卡,只好准备随军前往西班牙。这时候卡内罗向霍莫那伊申诉巴林开与萨菲的婚姻无效。愤怒的兹普拉马上拿出证明文件,证实了萨菲原是土耳其总督的女儿,并非吉卜赛人。这时感到身份悬殊的巴林开,觉得自己没有资格娶萨菲为妻,十分沮丧地喝下了募兵之酒。

在热闹的街上,传来称颂奥地利军队的合唱。这时传令兵宣布奥军大胜即将凯旋归来。卡内罗与阿赛娜也夹在人群之中。走在前头出现的朱邦愉快唱出"当我在塔霍河边",夸耀自己如何英勇的战功。号角声响起后,正式的部队终于到达。霍莫那伊伯爵向大家揭穿朱邦的谎言,但一旁的朱邦面不改色,一脸不在乎的样子。接着,霍莫那伊伯爵开始表扬巴林开的英勇战绩,当众宣布归还过去他被政府没收的全部财产,并册封他男爵头衔,列为贵族。听完册封后,朱邦马上要巴林开娶阿赛娜为妻,但巴林开将阿赛娜推到奥特卡怀里。这时传来萨菲的歌声,巴林开高兴无比。最后在两人相拥的歌声中,欢喜落幕。

《蝙蝠》
Die Fledermaus

这是小约翰·施特劳斯的最佳杰作,也是轻歌剧的最佳杰作。据说小约翰·施特劳斯只花了6个星期就写完了这出歌剧。

埃森斯坦是富裕的银行家,他的妻子罗莎琳达(Rosalinda)的旧情人阿非烈德,在屋外唱起情歌《当小鸽子飞去》。女佣阿德蕾听到吓了一跳。她向罗莎琳达请求允许她外出参加舞会,罗莎琳达不肯。因为她的丈夫埃森斯坦侮辱了一位官员,今晚将被关进牢里。当事人埃森斯坦一边指责他的律师布林特,一边唱着"你这笨律师"走了出来,随后法尔克博士跟着登场,他邀埃森斯坦一起去参加舞会消遣。埃森斯坦不疑有诈,立即答应。不知情的罗莎琳达,以为丈夫即将暂别入狱而伤心着,开始变成三人三种心情的三重唱。埃森斯坦称说要入狱外出后,阿德蕾才获得允许外出,这时阿非烈德走了进来,非常高兴地唱起活泼的酒歌。当罗莎琳达正跟他亲热的时候,典狱长法朗克出现,以为他就是埃森斯坦,带走了阿非烈德。

舞会在一群贵宾的华丽合唱声中展开。法尔克博士低声向奥罗夫斯基公爵说,今晚准备了一出有趣的闹剧《蝙蝠复仇记》。在舞会中,阿德蕾穿上罗莎琳达的衣服,混在客人之中。埃森斯坦则佯称是来自法国的卢纳尔侯爵。随后奥罗夫斯基公爵唱出《招待客人是我的兴趣》,舞会盛大展开。当埃森斯坦

《蝙蝠》一剧的主角之服装造型。

看到阿德蕾时，脱口说出"你很像我家的女佣"，自称是奥儿嘉（Olga）的阿德蕾说他认错了人，很生气唱出"真是滑稽"来取笑他。其次他又碰到一位自称夏格兰（Chagrin）的人，其实他是典狱长法朗克。接着碰到的，则是戴着假面具打扮成匈牙利贵妇人的罗莎琳达。不知道她就是妻子的埃森斯坦，很快趋前向她搭讪，并拿出经常用来迷惑女人的怀表，但罗莎琳达很灵巧把怀表抢了过来。随后罗莎琳达即在客人的要求下，表演匈牙利的恰尔达什舞曲（Csardas）。事实上，这次的舞会是由法尔克博士为了向以前让他丢脸的埃森斯坦复仇而安排的，埃森斯坦却一无所知。舞会在奥罗夫斯基公爵唱出香槟酒歌的时候达到了顶点，不久后六点的钟声响起，宣告舞会结束。

　　醉醺醺的典狱长法朗克回来上班后，阿德蕾和姐姐伊达一起来访。她们以为在舞会的话是真的，前来拜托法朗克提拔阿德蕾成为女明星，并当场演唱华丽的歌曲，展示自己的才华。这时埃森斯坦也赶来，看到刚才自称是夏格兰的人竟是典狱长时吓了一跳，但仍说出自己的本名，表示要来坐牢。当他知道牢中已有替身后，又大吃一惊，为了知道这男子是谁，马上打扮成布林特律师。这时罗莎琳达跑来跟律师商量，如何在丈夫未来之前让阿非烈德逃走。埃森斯坦怒不可遏，现出原形谴责妻子的不贞，罗莎琳达也不甘示弱，立即拿出昨夜抢来的怀表加以反驳，立场瞬时完全改变。这时法尔克博士突然带着舞会的客人蜂拥出现，说明昨夜的舞会完全是法尔克一手安排的闹剧。一切误会在这时候冰释，众人称颂香槟美酒，唱出活泼华丽的合唱。

《伊戈尔王子》
Prince Igor

　　这是根据歌颂12世纪俄罗斯武将伊戈尔功绩的《伊戈尔远征记》及其他史料写成的歌剧，鲍罗廷只是作了部分的曲子，其余许多部分都是由他的两位朋友根据鲍罗廷的草稿谱写而成。这部歌剧充满俄罗斯民族色彩。

　　12世纪末，俄罗斯受到东方民族波洛夫齐人侵略的威胁。伊戈尔王子率领大军准备出征。正当大家合唱出"太阳有荣光"时，突然发生日蚀，众人害怕，认为是个凶兆。

　　伊戈尔王子的妻舅嘉里斯基公爵，在伊戈尔出征期间受命代理国家大事，但实际上却是个扶不起的阿斗，一直伺机取代伊戈尔王子的地位。今天他仍在官邸里饮酒作乐。这时候他唱出了夹杂叫声的酒歌《如果我当了普替夫里城的公爵》，充分表露了其好色与无赖的性格。

　　伊戈尔的妻子雅洛丝拉夫娜，担心着出征以来音信全无的丈夫与儿子的命运。就在此时嘉里斯基来到并嘲笑妹妹是庸人自扰，因而被为之激怒的妹妹赶出去。接着立即传来坏消息说,俄罗斯军队已被击败,伊戈尔父子被敌人所俘。现在敌军已逼到城外,众人唱出惶恐不安的合唱。

伊戈尔王子与其儿子伍拉第密尔,在这里以俘虏身份受到隆重的礼遇。而且伍拉第密尔还与康查克可汗的女儿康查可夫娜坠入情网。两人的歌唱,以及姑娘们的合唱形成优美的场面。不久后,伊戈尔从帐篷中出来,悲痛地唱出思乡之歌。但他的君子性格,却使他拒绝逃亡。这时候康查克可汗出现,他内心十分欣赏敌将伊戈尔王子的男子气概。康查克可汗在此所唱的咏叹调,具有震撼性的低音魅力,以豪放磊落的男低音名曲闻名。随后,可汗为慰藉伊戈尔,命令部下表演豪华歌舞。这首著名的《鞑靼人之舞》(正确名称应该是《波洛夫齐人之舞》)是用加入合唱的色彩性管弦乐法,充满异国情趣与野性之美。

听到故乡被烧杀掳掠的伊戈尔,终于下定决心逃亡。惟选择爱情的伍拉第密尔仍留在可汗营地。得知事情真相的可汗,宽大为怀,没有追捕伊戈尔,反而把女儿康查可夫娜嫁给伍拉第密尔。

雅洛丝拉夫娜以一曲咏叹调《雅洛丝拉夫娜之叹》,唱出她等待夫君的哀伤心境。在被波洛夫齐军队进攻而荒废的广场上,也传出人们悲切的歌声。就在这时候,伊戈尔王子突然脱险归来。惊喜的雅洛丝拉夫娜和众人唱出欢欣壮观的大合唱。

《船女焦孔达》
La Gioconda

　　蓬基耶利是属于威尔地与普契尼中间时代的歌剧作曲家。生平共创作有8出歌剧，其中以《船女焦孔达》为其代表作。虽然采用古老的编号歌剧（Number opera）手法，但其中重视重唱的形态以及新鲜的和声法等，依然可见介于威尔地与普契尼的中间风格。

　　追求焦孔达不成而恼羞成怒的巴纳巴，为了报复把焦孔达的瞎眼母亲洁卡形容成巫婆。群众也集体哗然，想将洁卡逼到绝境。与情人恩佐一起回来的焦孔达见状极力制止。这时候总督阿维塞和戴着面具的妻子罗拉出现，罗拉出面调停解救了洁卡，洁卡则唱出感谢的浪漫曲《这是贵夫人或天使的声音》，并将自己的玫瑰念珠献给罗拉。罗拉知道恩佐就是自己过去的情人，也就是被驱逐中的葛利马德公爵，恩佐也发觉戴着面具的贵夫人就是罗拉。握有两人秘密的巴纳巴，虚情假意地告诉恩佐，自己愿助他一臂之力。恩佐为了能与罗拉相见心里非常高兴。巴纳巴在此时却写了一封密函送到总督阿维塞那里，自己唱出邪恶的独白《噢，纪念碑》。这个阴谋被躲在一旁的焦孔达与洁卡偷听到。这时街上正举行歌舞喧哗的嘉年华会，焦孔达看到情敌出现十分悲伤，母亲洁卡和蔼地安慰着她。

不久后罗拉出现了，她与恩佐唱着爱的二重唱，戴着假面悄悄来到的焦孔达逼问着罗拉，演变成两位女人嫉妒火花四射的二重唱。身藏短剑的焦孔达，在巴纳巴的带领下逼近乘载阿维塞军队的船只。被逼得走投无路的罗拉，只好拿起玫瑰念珠祈祷。看到念珠的焦孔达，这才发现罗拉就是母亲的救命恩人，于是赶紧放罗拉逃走。知道已经掉入陷阱的恩佐，迫不得已只好放火烧船。

阿维塞得知妻子的背叛后，交给妻子罗拉一瓶毒药，强迫她喝下。悄悄溜进屋里的焦孔达，趁阿维塞走开的时候，把毒药换成安眠药让罗拉喝下去。回来的阿维塞，以为罗拉已经死掉后离去。在舞会中，阿维塞指示表演余兴节目，开始跳起芭蕾舞《时辰之舞》。这时候在巴纳巴陪伴下登场的洁卡，宣布罗拉已经死亡。混入舞会的恩佐，十分愤怒，欲刺杀阿维塞，却当场被捕。焦孔达请求巴纳巴，如果能救出恩佐，她愿以身相许。

沉睡状态的罗拉被运到朱德卡岛。焦孔达与恩佐也相继来到，了解实情之后内心充满感谢的恩佐与罗拉乘船逃逸，这时巴纳巴出现了，他逼迫焦孔达履行结婚的诺言。焦孔达回说"我会将身体给你"，说罢举剑自杀身亡。巴纳巴悔恨不已，大声地嘶叫说："昨天我已经把你母亲推入运河里淹死了！"

圣-桑 (1835—1921)

Saint-Saens,Camille

《参孙与大利拉》
Samson et Dalila

这是根据《旧约全书·士师记》第12章到第16章的故事所写成,是圣-桑最常被演出的歌剧作品,原先是以神剧为构想,后来却改编成歌剧。剧中以特定的旋律来表现人物的感情,洋溢着圣-桑独特的感官之美与异国风,成为一出备受欢迎的豪华歌剧。本剧在李斯特的建议下,先以德文在魏玛首演,十几年后才在法国上演。

公元前12世纪。被非利士人征服,再度沦为奴隶的希伯来人,向耶和华上帝祷告求救,合唱从舞台后面传来,幕启。从群众中走出来的参孙,鼓励大家要勇敢,并团结一致。迦萨总督阿比米勒在士兵的护卫下出现,他威吓希伯来人,并讥笑他们崇拜的神,愤怒的参孙杀了总督,率领希伯来人离去。这时从达贡神殿出来的大祭司,看到阿比米勒的尸体非常惊讶,在听到参孙来袭的紧急报告后,与非利士人一起逃走。当希伯来人沉醉于胜利的喜悦,再度唱出神的赞歌时,大利拉率领非利士的女巫们,从大衮的神殿出现。女巫们跳着舞挑拨希伯来战士,大利拉唱出感官性的咏叹调《觉醒的春天》诱惑参孙。参孙不听希伯来老人的劝告,成为大利拉魅力下的俘虏。

打扮非常漂亮的大利拉,在自己家门前等待参孙的到来,约定时间已过,还不见参孙踪影,于是一边等待一边唱出独白《爱情啊,请赐给软弱的我力量》。这时大祭司出现告诉她说,只要你能探出参孙强大神力的秘密,就赏给你想要的财富。大利拉热烈唱出参孙的心必属于我,一边目送大祭司,一边走入屋内。参孙一边走近大利拉的家,一边慨叹自己的软弱无法抵抗诱惑。当他正在犹豫的时候,大利拉以妖艳的诱惑姿态出现,使得参孙无法转身回去,只好说出爱的告白。这时喜悦的大利拉缠着参孙唱出著名的二重唱《你的声音打开我的心扉》。但在表示神明愤怒的雷电声中,参孙好不容易克制住自己,没将神力的秘密说出来,大利拉绝望地大叫着跑入家中。参孙犹豫了一会儿,终于也跟着跑进屋内。这时大祭司与非利士的士兵们出现,遵照大利拉的信号潜入屋内,不久便传出参孙的叫声"我被出卖了"。

两眼被挖掉,神力来源的头发被剪掉,身体被链子锁住的参孙,十分痛苦地在牢中推磨,远方传来希伯来人谴责他违背神明背叛祖国的骂声,后悔不已的参孙向神明祷告,希望能牺牲自己的生命来拯救希伯来人民。不久,非利士人来到,押解铐着锁链的参孙前去神殿。

大祭司与大利拉在非利士贵族与少女们的簇拥下召开胜利酒宴。热闹的气氛在感官的《酒神之舞》达到高潮后,逐渐恢复平静,这时瞎眼铐着锁链的参孙在儿童引导下登场,受到众人嘲笑。大利拉走近他身旁,告诉他如何利用爱情陷害他的经过,并以傲慢的态度侮辱他。这时向大衮之神祈祷的非利士人,强迫参孙举杯向他们的神明献酒,受到屈辱的参孙,拜托儿童把他带到支撑神殿的两根巨柱中间。正当非利士人欢喜狂舞的时候,参孙站在两根巨柱中间,祈求耶和华赐给他复仇的力量,瞬间参孙使出浑身力气摇动两根巨柱,惊惶喊叫的人们,全被倒塌的神殿活埋。

《卡门》

Carmen

这是比才以喜剧形式写作的最后一出歌剧，题材取自梅里美(Merimee)的原著小说，是西班牙地方色彩鲜明，具有真实性格的戏剧。不但洋溢感官性的热情，更充满法国式的机智，成为古今最受欢迎的歌剧名作。比才死后才在维也纳首演。

米开拉走到卫兵岗哨寻找未婚夫士兵何塞，她被告知何塞不久会来换岗，于是米开拉说待会儿再来。不一会，前来换岗的卫兵们在街童的围拥下，于进行曲声中完成交接，何塞就位。到了中午休息时间，工厂里的女工们出现在一群年轻人聚会的广场上。不久后最迷人的卡门出现了，这群年轻人蜂拥而上，卡门不予理会，只对毫不动心的何塞唱着煽情的《哈巴奈拉舞曲》引诱他，而后丢给何塞一朵红花后离去，何塞捡起鲜花偷偷藏在怀里，米开拉回来后，送上何塞母亲的信与亲吻，两人唱起思念故乡的二重唱。米开拉离去后，工厂内发生吵架事件，卡门因打伤一名女工被押解出来。受命押送犯人的何塞,经不起卡门的诱惑[卡门唱《塞吉迪亚舞曲》(*Seguidilla*)],解开绳子放走了卡门。

在走私客经营的酒店里,卡门与伙伴们唱着热情奔放的《吉卜赛之歌》。随后著名的斗牛士艾斯卡密尤在众人的簇拥下出现,开始唱起豪放英勇的《斗牛士之歌》。酒店打烊后,走私客们密商,希望卡门加入走私工作,却被卡门以"正在恋爱"为由拒绝了。这时候传来一阵歌声,因放走卡门而入狱受刑的何塞被释放出来。高兴的卡门以热烈的歌舞欢迎何塞,不久后归营的号角声响起,何塞急着回营,卡门非常生气。困惑的何塞只好从怀里掏出已经枯萎的花,唱出流露真情的《花之歌》。这时候喜欢卡门的卫兵队长史尼卡回到酒店,因争风吃醋而与何塞决斗,却被走私客们制伏并赶出酒店,何塞不得已只好加入走私集团。

吉卜赛人背着货物回来。这时候见异思迁的卡门对想恢复感情的何塞逐渐冷淡,与吉卜赛女郎弗拉丝基塔与梅赛德丝一起玩起纸牌算命游戏,卡门惊讶地

《卡门》著作的封面。

发现几次算命的结果都是"死命",于是哀伤唱出《纸牌三重唱》,众人都出去的时候,米开拉出现,为周围荒凉的景色感到害怕,但为了找回爱人,她鼓起勇气唱出祈祷神明保佑的咏叹调。随后惊传出枪声,她又躲在一边,斗牛士艾斯卡密尤出现在开枪看守的何塞面前,两人交谈后发现互为情敌,开始决斗起来。正当艾斯卡密尤快被刺到的时候,卡门一行人赶回将他们拉开,艾斯卡密尤邀请大家观赏他的斗牛表演后离去。这时候躲在暗处的米开拉被发现,告诉吃惊的何塞说"母亲得了重病",何塞以愤怒嫉妒的眼神望着无情催促他赶快回去的卡门,与米开拉一同下山而去。

在群众的欢呼声中,斗牛士们随着进行曲的音乐入场。艾斯卡密尤挽着打扮艳丽的卡门一起出场,当他们交换情话消失在场内时,弗拉丝基塔与梅赛德丝走近卡门身边,警告她何塞也来到现场。落寞的何塞央求卡门与他重修旧好,卡门不予理会,冲向欢声雷动的场内。挡住卡门去路的何塞,被她丢还的戒指激怒,于是拔出短刀刺向卡门的胸膛,而后跪伏在尸体上号哭。

《鲍里斯·戈东诺夫》
Boris Goduonov

　　这是俄罗斯国民乐派最伟大的名作。过去都是以里姆斯基-科萨科夫编曲的改订版上演,近年来穆索尔斯基的原稿已受到尊重。不过由于穆索尔斯基本人亦做过不少修改,版本的问题相当复杂,但现今大部分皆采用拉姆(Pavel Lamm)或洛伊德-琼斯(D.Lloyd-Jones)的校订版演出居多。此外,肖斯塔科维奇编曲的总谱偶尔也会有人采用。

　　16世纪末,沙皇费多尔因病驾崩。摄政的鲍里斯想获得皇位,但为了避嫌,表面装得若无其事。不久后,被卫士压迫前来的民众,开始哀求鲍里斯即位。

　　在贵族与民众的恳求下,鲍里斯终于登基成为皇帝。鲍里斯虽然鹤立在欢呼的庆贺声中,但心中却掩不住对未来的恐惧与不安。

　　老修士皮门正在编写年代史,记述中也举发了鲍里斯谋杀先皇的异母弟弟德米特里。年轻修士格里高利,从皮门口中得知这位法定的王位继承人如果健在,刚好与自己同样年纪,于是燃起了不法的野心。

格里高利自修道院逃亡，在边境的小旅馆碰到缉捕他的衙役。他设计嫁祸给与他同行的游民瓦兰，但事迹败露，在千钧一发之际，脱身逃往立陶宛。

鲍里斯继承皇位后六年，俄罗斯哀鸿遍野，饥荒与贫穷不断扩大蔓延，他的心里非常不安。这时候有人来密告说，朝中大臣萧斯基公爵想施计谋反。不畏惧的萧斯基公爵依然潇洒地来到愤怒的鲍里斯面前，向他报告说，有一位自称德米特里太子的人出现，他受到波兰贵族的支援。此时鲍里斯的脑海里，突然浮现死去的幼年太子德米特里复活的模样。看到小太子鲜血淋漓的幻影，鲍里斯心生胆怯几近疯狂。

假太子德米特里（格里高利）爱上波兰贵族千金玛丽娜，爱慕虚荣的玛丽娜一心想成为俄罗斯皇后。耶稣教首脑蓝哥尼，正好利用玛丽娜，唆使德米特里改信宗教，企图让俄罗斯受波兰控制。

假太子想娶玛丽娜为后，加上波兰全力支持的武力后盾，使他进攻莫斯科的决心更加坚定。

这时，在莫斯科的群众纷纷交头接耳，传说德米特里的军队逼近的消息。他们走向刚好通过这里的鲍里斯，一位苦行僧揭露了他杀害小太子的罪行，鲍里斯带着悲痛的表情，沉默地离开。

假太子的大军当前，贵族们齐聚在宫殿里开会，个个束手无策。参与会议的鲍里斯亦失魂落魄，陷入噩梦的错乱之中。

而更让他难以承受的，则是萧斯基公爵所设下的圈套。他叫皮门在此时出现告诉鲍里斯说，他在墓地看到太子德米特里的幻影。这时鲍里斯再也无法站立，他下令爱子费多尔继承王位，在祈求神明宽恕声中死去。

　　群众起义暴动，正当混乱之中，假太子率军前来。群众向他欢呼，簇拥着他前进。单独留下的苦行僧却独白道："俄罗斯从此将永无天日。"

《叶甫盖尼·奥涅金》
Evgeny Onegin(Eugene Onegin)

　　这是根据普希金(A.S.Pushkin)的著名戏曲写成的歌剧。内容以表现心理情感为重点,以抒情音乐为中心,是柴可夫斯基的代表作之一。

　　一对姐妹从阳台望着农夫们的舞蹈。姐姐塔姬雅娜是位爱幻想且多愁善感的姑娘,妹妹奥莉嘉则是位个性开朗活泼的少女。奥莉嘉的男友连斯基带着好友奥涅金来访,塔姬雅娜纯洁的芳心,立即被奥涅金所夺去。

　　深夜,心里非常兴奋的塔姬雅娜,决心写一封长信给奥涅金。这封信的内容是一首著名咏叹调,也是柴可夫斯基作品中特别优美的歌曲,从管弦乐的伴奏中也可听到丰富的表情。不久天亮后,她就把信拿给奶妈转交奥涅金。这时管弦乐也精彩描绘出塔姬雅娜极度害羞的心情。

　　奥涅金来到塔姬雅娜的住处,面对坐立不安的少女,却开始无情地批评起塔姬雅娜信中的内容。然后好像很通情达理地说:"最好不要接近像我这种不想结婚的男人,但我会把你当做妹妹一样来爱。"塔姬雅娜完全被这样的表白击垮,心里十分哀伤。

　　塔姬雅娜与奥涅金都来参加拉莉娜家的舞会。在女人间被说成游手好闲的奥涅金,心里非常不满,开始想利用接近奥莉嘉来泄愤。心情浮躁的奥莉嘉也不管连斯基的抱怨,一直单独与奥涅金在舞池中共舞,致使连斯基与奥涅金的关系逐渐恶化。塔姬雅娜见状,非常担心。当舞客们想劝止时,为时已晚,连斯基与奥涅金两人已冲到外面去决斗。

　　清晨,连斯基回忆着过去的日子是多么爱着奥莉嘉,唱出著名的咏叹调,乐曲将连斯基心中的悲伤感情表露无遗。不久后奥涅金也前来准备决斗,曾经是好友的两人,都不敢相信如今会变成敌人,但由于自尊心,都不敢提出和解。两人开始以

米哈伊尔·米克辛为普希金的诗作《叶甫盖尼·奥涅金》所绘制的插图。

手枪对决，奥涅金先发制人，连斯基中弹倒地，奥涅金哀伤地掩面哭泣。

多年之后，到处旅行流浪归来的奥涅金，也来赴葛列敏公爵的官邸舞会，但一点也不想跳舞。突然他的眼帘映入了如今已成为葛列敏公爵夫人的塔姬雅娜。塔姬雅娜仿佛另外一个人，已变成一位丰姿绰约、成熟妩媚的女人，使奥涅金看得目瞪口呆。塔姬雅娜发现他时也一阵愕然。一无所知的葛列敏公爵，扬扬得意地向奥涅金说："爱情与年龄无关。她对我而言就像天使的光芒。"然后引荐自己的妻子。奥涅金这时才渐渐激起情意，爱上了塔姬雅娜。

塔姬雅娜与奥涅金见面。她的心里也非常激动，往日的时光突然浮现眼前，为压抑不住的爱情感到困惑。这时奥涅金坦白说出："都是我的错，如今我已爱上你。"塔姬雅娜回说："我也是……但过去的时光已经无法挽回。"在激烈描写心理纠缠的音乐中，塔姬雅娜经过一番痛苦挣扎后挥别而去。留下奥涅金一人独自叫道："这个耻辱！这个悲伤！"

马斯内 (1842—1912)

Massenet, Jules

《曼侬》
Manon

　　这是马斯内将甜美感伤的旋律魅力发挥到极点的代表作。剧本根据法国作家普莱沃斯特(Abbe Prevost)年轻时候的自传小说大幅改编而成,以剧中的女主角为焦点,采用许多道白(Parlando)的唱法和音乐话剧的手法,造就出一股浓烈的法国气氛。

　　贵族纪罗与布雷提尼带着一群女星正要出去用餐,驿马车恰好抵达。表哥雷斯可出来迎接曼侬,曼侬以咏叹调《我还在发愣》唱出旅途当中的兴奋。众人离去后,好色的纪罗转回来想引诱单独留下来的曼侬,不料雷斯可恰巧从外头回来,纪罗急忙溜掉。好赌的雷斯可急急忙忙地离去,再度留下独自一人的曼侬,她看到女星们穿着华丽的衣服,一副快乐的样子,非常羡慕,想到自己即将进入修道院,不禁悲从中来,唱出咏叹调《啊!曼侬,不要再做梦了》。这时候骑士格里乌斯出现,他对曼侬一见钟情,情不自禁自我介绍起来。他同情曼侬必须进入修道院的遭遇,邀她一起远走高飞共享快乐生活。两人情投意合,决定共乘纪罗派遣的马车私奔到巴黎。酒醉回来的雷斯可,以为是纪罗拐走了表妹十分生气,众人则嘲笑纪罗怎么做出如此愚蠢的事。

格里乌斯写信给故乡的父亲,要求父亲同意他跟曼侬结婚,曼侬念出内容,与德格鲁唱出《书信二重唱》。这时候被布雷提尼用金钱收买的雷斯可,带着布雷提尼一起出现。雷斯可指责格里乌斯诱拐他的表妹,当他们两人起争执的时候,布雷提尼趁机以荣华富贵的生活说动了曼侬的心,而后与雷斯可一道离去。待格里乌斯出去寄信后,曼侬独自一人越想越烦恼,最后终于下定决心唱出离别之歌《再见,我的小桌子》。格里乌斯回来后,没注意到曼侬流过的泪水,开始唱起憧憬爱情生活的《梦之歌》。这时候格里乌斯父亲派来的人员突然出现,强行带走了格里乌斯。

热闹的节日。微醉的雷斯可唱着咏叹调《节俭是什么东西》后离去,接着打扮妖艳的曼侬,跟着她的恩人布雷提尼一起出现,她在人们的赞美声中唱出咏叹调《当我走在街上时》。这时候布雷提尼与格里乌斯的伯爵父亲恰巧碰面,交谈中得知格里乌斯已经变成神甫,曼侬大吃一惊。不久后,想从布雷提尼手中夺走曼侬的纪罗,为了赢取曼侬的欢心,请来了歌剧院的芭蕾舞团,在此表演四出芭蕾舞剧。但曼侬的心只想着格里乌斯,决心前往会面。

向儿子说教完的伯爵回去后,格里乌斯唱出想忘掉曼侬的咏叹调《消失吧,可爱的幻影》。曼侬为了会面而到来,她对格里乌斯吐露出自己内心的告白，惊讶的格里乌斯难以拒绝曼侬的真情纠缠，两人终于再度相拥。

纪罗与女星们聚集在旅馆的赌场中。这时赢钱的雷斯可高唱出《黑桃皇后赞歌》。随后曼侬带着格里乌斯一起出现，感到不是滋味的纪罗，邀格里乌斯下赌一决胜负，输钱的纪罗翻脸向警官告发格里乌斯诈赌，这时候出现的伯爵父亲也同意将格里乌斯与曼侬当做共犯逮捕。

被父亲保释出来的格里乌斯，计划从囚车里救出被判刑流放美国的曼侬。但雷斯可所请来的帮手都是乌合之众，计划因此失败。随后雷斯可以贿赂的方式，让这对情侣会面，两人在此唱出感动的二重唱《你哭过了吗》，互相倾诉过去坚贞不移的爱情，当格里乌斯发现病体虚弱的曼侬躺在自己怀里气绝身亡时，自己也哭倒在爱人身上。

《维特》
Werther

原著是大文豪歌德根据亲身体验写成的著名恋爱小说《少年维特的烦恼》，由当时法国最伟大的歌剧大师马斯内作曲，以瓦格纳风格的旋律和音乐性的对话为中心写成，不但巧妙崭露剧中各主要角色的性格，更兼备了戏剧性张力，与甜美感伤的抒情浪漫，是马斯内作品中最常被演出的名作。原先预定在巴黎的喜歌剧院举行首演，因为剧院意外发生火灾，延迟了5年才以德文举行首演。

法兰克福郊外，1780年左右，7月。

大法官正认真地教孩子们练唱圣诞歌曲，这时好友约翰与史密特来访，叙述有关今晚大法官的长女夏洛特将参加舞会，并由表兄诗人维特护送，以及夏洛特的未婚夫亚伯的传言后离去。维特登场，在花园的泉边独自唱出抒情的咏叹调《噢，大自然》，当他听到孩子们所演唱的圣诞歌曲后沉思起自己的儿时情景，这时大法官发现了维特，并且请他进去。夏洛特把年幼的弟、妹照顾好后，与维特一起前去参加舞会，大法官也外出到与朋友约好的酒店。这时亚伯从长途旅行后归来，听了夏洛特的妹妹苏菲讲述婚礼的准备状况后，确知夏洛特的爱情不变，高兴地唱出小抒情调《感谢的祈祷》后离去。

自舞会归来的两人在花园中出现，机警的夏洛特看到维特情不自禁的样子，赶快转移话题，但维特仍然不停地吐露自己的爱意。这时传来父亲的声音，告诉夏洛特亚伯已经回来，她适时告诉维特说亚伯是她亡母生前属意的女婿后离去，维特听后无比绝望。

9月某星期天下午。约翰与史密特在酒店里高声唱出活泼的《饮酒歌》。接着，结婚三个月的亚伯与夏洛特出现，在远处看到他们双双走入教堂的维特，暗自神伤地坐在长凳子上，唱出《她已经是别人的太太》。从教堂走出的亚伯发现维特，他虽然知道维特所爱的是自己的妻子，但仍然相信妻子的贞节与他的良知。对于自己让维特的美梦破碎致上深深地歉意。这时苏菲抱着鲜花,唱着轻快歌曲走来,亚伯告诉维特,苏菲爱慕着他。苏菲与亚伯离开后,维特看到夏洛特,再度向她倾诉爱的苦恼,夏洛特告诉他自己已是亚伯的妻子后离去。绝望的维特对着走来的苏菲表明自己即将离去的决心,从苏菲处获悉此事的夏洛特,内心受到强大的冲击。

悲剧气氛的简短前奏曲后,夏洛特读着维特寄来的信唱出《书信之歌》。这时候来访的苏菲,看出姐姐心乱如麻的原因,上前安慰。愈加烦恼的夏洛特要妹妹先行离开,唱出《你走吧,让我继续哭泣》。带着痛苦表情出现的维特,拿起夏洛特放在钢琴上的诗集《奥西安之诗》,唱出咏叹调《春风啊,你为何让我苏醒》,表露出自己内心的思念。夏洛特为这炽热的告白浑然忘我,两人相拥起来,但理智的夏洛特立即清醒,要求维特赶紧离开,维特抱着自杀的决心归去。怀疑妻子的亚伯,把手枪借给为维特送来书信的男子后,夏洛特立即有了可怕的预感,急忙向门外奔去。

赶到维特家的夏洛特,发现垂死的维特。维特请求她不要惊动别人,夏洛特吐露真情说从第一次见面时就爱上了他,两人紧紧相拥唱出爱的喜悦。这时外面传来孩子们纯洁的圣诞歌声,维特就在安详幸福的气氛中断了气。

《梅菲斯托费尔》
Mefistofele

　　这是醉心于歌德名著——《浮士德》的博伊托，在26岁时完成的大歌剧。由于初演失败，博伊托几经修改，今日所用的总谱就是改订版，此剧失败的经验，致使博伊托怀疑自己的作曲能力，其后转而以编剧家身份活跃于乐坛，前后写出威尔地的《奥赛罗》、《法斯塔夫》与蓬基耶利的《船女焦孔达》等许多歌剧剧本。他的歌剧《梅菲斯托费尔》，以瓦格纳风格的大胆和声，色彩鲜艳的管弦乐法，以及休止符的革新性与独创性用法，获得高度评价。除此之外，博伊托还留有一出未完而终的歌剧《尼罗王》(*Nerone*)。

　　天使的合唱。魔鬼梅菲斯托费尔出现，以狂妄挑拨的口气说道："好个了不起的上帝。"然后与上帝下了一个赌注，表示自己可以用恶击败善，用邪恶诱惑浮士德。此时再度响起天使的合唱，然后所有的圣职者与天人同时加入赞美上帝的大合唱。

　　在热闹的节日中，人们在街上欢乐歌舞。浮士德与其学生华格纳看到一位奇怪的修道士。华格纳一笑置之,两人踏上回家的路。

回到书房后,浮士德唱出咏叹调《从田野和牧场》(*Dai campi, dai prati*)。先前的修道士(其实是魔鬼梅菲斯托费尔)出现。

梅菲斯托费尔一边吹着口哨,一边唱出表明身份的咏叹调《我是魔鬼的精灵》。浮士德同意以自己的灵魂交换失去的青春,与梅菲斯托费尔签下契约。两人乘着黑色披风大衣飞向天空。

浮士德变成一位英俊的青年严利可,挑逗着村姑玛格莉特,梅菲斯托费尔则引诱玛格莉特母亲玛尔塔,四人对唱出调戏的四重唱。

梅菲斯托费尔与浮士德,一边唱着《鬼火二重唱》,一边爬上山路。魔鬼与魔女的飨宴正式开锣。他们的国王梅菲斯托费尔唱出《世界叙事曲》后,转成群魔乱舞的场面。突然间,出现玛格莉特铐着锁链的幻影,浮士德为之惊愕。其后又是群魔狂热乱舞的飨宴。

玛格莉特唱出著名的咏叹调《那一夜在海的深处》,表白她把跟浮士德所生的孩子丢到海里,并为毒杀母亲的罪恶后悔不已。随后与来拯救他的浮士德唱出二重唱。梅菲斯托费尔叫道:"快点,快点。"玛格莉特则在唱完《青白色的晨光》后气绝身亡。天使在这时候唱出"她已被拯救",梅菲斯托费尔赶紧带走浮士德。

特洛伊美人艾蕾娜与潘塔莉丝，唱出船歌风格的二重唱曲，妖精们随之婆娑起舞。浮士德唱出"永远清秀美丽的容貌"赞美艾蕾娜，艾蕾娜也加以回应，双双唱出爱的二重唱。

　　梅菲斯托费尔想再度勾引浮士德，但浮士德已沉醉在幸福的梦里，不为所动。浮士德在天使的合唱声中唱出"让时间终止，让你的美丽成为永恒"后，气绝身亡。气愤的梅菲斯托费尔吹着口哨消失。四周响起了称颂上帝的壮丽大合唱。

雅那切克（1854—1928）

Janacek, Leos

《卡佳·卡芭诺娃》

Kat' a Kabanova

这出以旧体制所写成的悲剧，是一出描写心理的优秀作品，充满雅那切克独特的抒情风格与丰富旋律。

纪科宜家的执事库德里亚西，在河堤上眺望河景。富裕的商人纪科宜，对着因双亲去世，受他照顾长大的侄儿鲍里斯，大声咒骂他是无用的饭桶后离去。库德里亚西问鲍里斯，为何要忍受纪科宜这样的对待，鲍里斯便说出他内心的烦恼，并表明自己正和一位有夫之妇谈恋爱。这时候富裕商人的遗孀卡芭尼哈，跟儿子提丰、媳妇卡佳，以及卡芭诺娃家的养女娃娃拉一起出现，卡芭尼哈责骂儿子怕老婆、不中用。鲍里斯只能躲在暗处偷看，因为他所爱的人就是卡佳。进入家中的卡佳，向娃娃拉叙述她少女时代是多么快乐，并吐露她想跟别的男子偷情。不久后，被母亲命令准备出发到卡桑旅行的提丰出现，卡佳要求他不要去，并请求他要去也要将她一起带去。但在母亲面前抬不起头来的提丰并未答应，就在这时候母亲催促他赶紧启程，并下了指示留意提丰不在时妻子的举动。

卡芭尼哈经常责骂媳妇卡佳，但卡佳在丈夫外出旅行时未曾掉过一滴眼泪，卡芭尼哈只得悻悻然地离开。知道卡佳与鲍里斯陷入情网的娃娃拉来到，她为了与库德里亚西幽会，将偷来的花园木屋钥匙交给了卡佳。卡佳一度想把钥匙丢进河里。但转念一想，决心与鲍里斯相会，走了出去。这时场面一转，变成卡芭尼哈与纪科宜出场，酒醉的纪科宜向卡芭尼哈求爱，卡芭尼哈因道德束缚加以拒绝。

夜阑人静，在卡芭诺娃家后面的河堤上，有两对男女正在幽会。他们分别是库德里亚西与娃娃拉，以及鲍里斯和卡佳。卡佳听到鲍里斯热情澎湃的爱意告白，心乱如麻，终于无法克制自己，两人相拥走下小径而去，经过一段时间，卡佳才随着娃娃拉偷偷钻过木门一起回到家中。

库德里亚西和他的朋友库里金（Kuligin）在河边破旧的房子躲过一阵雷雨后离开。不久后，娃娃拉出现，告诉随后来到的鲍里斯说，卡佳的老公已经回来了，卡佳好像已经精神错乱。这时候慌张的卡佳跑进来告诉娃娃拉说，自己快要死了。未几，卡芭尼哈和提丰也赶到，卡佳终于在大家面前表白说，丈夫不在家的时候她有了外遇，那个男人就是鲍里斯，说完后就昏厥过去。

母亲卡芭尼哈吼着要儿子把卡佳活埋算了，但提丰不予理会。娃娃拉和库德里亚西，两人讨论如何过着快乐的新生活后，决定私奔逃往莫斯科。卡佳出现后，幻想着与鲍里斯一起生活的美好景象。突然出现的鲍里斯却告诉她说叔父命令他必须前往西伯利亚。绝望的卡佳看着鲍里斯远去的背影后，自己投河自尽。不久，卡佳的尸体被捞起来，赶来的提丰见状，向母亲卡芭尼哈大吼说："她是被你逼死的。"

《狡猾的母狐狸》
Prihody lisky Bystrousky

这是以民间故事为题材所写成的幻想作品，其中也隐含着佛教所谓自然界轮回的严格定律，是潜藏着作曲者哲学观的杰作。

摩拉维亚偏僻乡村的森林中。动物们又唱又跳，正在互相追逐玩耍。森林管理员巡视到这里，疲惫得坐在树下休息，开始打起瞌睡。小狐狸毕丝特洛希卡悄悄出现，看到一只青蛙，想要用前爪去抓，青蛙跳开时不慎掉落在管理员身上。被弄醒的管理员，看到小狐狸便一把抓住，他认为小孩子一定很喜欢这只狐狸，于是便把它带回家。被森林管理员饲养长大的毕丝特洛希卡正寂寞地哭泣。孩子们向它恶作剧，狗儿拉帕克(Lapak)告诉它要巧妙与人类相处，随后鸡群来到，嘲笑被绑住的毕丝特洛希卡，它则装死引来鸡群，等鸡群走近，突然跃起将它们一只只杀掉。听到鸡的惨叫，森林管理员的妻子跑出来，见状举起木棍要打狐狸，毕丝特洛希卡很机警地咬断绳子逃到森林里。

森林中狼獾的洞穴前。母狐狸毕丝特洛希卡看到狼獾的住家，借故引起森林动物们的同情，巧妙把狼獾赶出洞穴，自己大摇大摆住了进去。

在帕塞克(Pasek)的酒店里，瘦如蚊子的校长与森林管理员，还有酷似狼獾的牧师，正在喝酒聊天。牧师向森林管理员询问："听说你可爱的母狐狸逃掉了？"管理员闷闷不乐。不久后，他们二人喝得酩酊大醉，各自在月夜里准备回家走向森林小径时，母狐狸开始恶作剧。校长把母狐狸看成所爱的人泰林卡，做出爱的告白，牧师也对着她沉思回忆起过去的一段恋情。只有森林管理员，始终荷着猎枪，嘴里喃喃自语说，那是我的母狐狸。

毕丝特洛希卡的洞穴前。雄狐狸兹拉托夫许比泰克出现在它面前，双双坠入情网。知道毕丝特洛希卡喜欢兔肉的雄狐狸，抓到一只兔子向它求婚，两只狐狸终于结婚。森林的动物们为它们展开庆祝之舞。

商贩哈拉西塔带着一个装满鸡的笼子从森林小径走来。他一碰到森林管理员就说，这次准备与泰琳卡结婚。当管理员做好捕兽陷阱离去后，毕丝特洛希卡和它的丈夫兹拉托夫许比泰克带着小狐狸出现。哈拉西塔突然想到要送一条围巾给泰琳卡，于是放下笼子，举起身上的猎枪。毕丝特洛希卡很机智地把哈拉西塔引诱到坡道上，使他滚落山坡。小狐狸们又趁这时候把鸡全部吃掉。赶回来的哈拉西塔，见状十分愤怒，举枪射杀了保护着小狐狸的毕丝特洛希卡。

帕塞克的老婆正陪伴着校长,这时森林管理员走来,说他发现母狐狸的洞穴,但里面是空的。由于泰琳卡今天要跟别的男人结婚,校长非常失望。帕塞克的老婆说,她看到泰琳卡戴着一条新的狐狸皮围巾。这时候管理员感叹地向校长说,我们都老了,然后付了酒钱离去。

多年后的某日。森林管理员和过去一样又通过以往的森林,一个人独白唱道:"人一老,爱情就成为过眼云烟。"然后昏昏入睡。在睡梦中,他看到一只与毕丝特洛希卡长得非常相像的母狐狸,当他伸手想去抓母狐狸时,突然醒来。发现手上抓到的竟是一只青蛙。这使管理员回想起,以前要捕抓毕丝特洛希卡时,也是因为一只青蛙掉到自己的鼻子上才醒过来。这时青蛙讲话了,它说那时候掉在你鼻子上的青蛙是我的祖父。祖父还时常向我提起这件事呢。

Humperdinck, Engelbert

《汉泽尔与格蕾泰尔》
Hansel und Gretel

本剧的编剧者是洪佩尔丁克的妹妹。据说洪佩尔丁克的妹妹为了让自己的孩子演唱，才请托洪佩尔丁克写下此出歌剧。这是根据格林童话写成的歌剧，但剧中已删除了残酷的场面，可说是遵照19世纪的道德观念写成的"健康"歌剧。它不仅是儿童歌剧，也是最成功继承瓦格纳风格的歌剧之一。

彼得是个制造扫帚的工人，在他简陋的家里，两个孩子汉泽尔与格蕾泰尔一边帮忙工作着，一边唱着民谣。不久后两人觉得肚子饿了，但因家里贫穷，根本没有东西可吃。没办法，两人只好一边唱歌，一边跳舞。当他们跳完舞在地板上翻滚时，母亲葛特露从外头回来。看到孩子偷懒想要惩罚他们，在追打孩子时不慎打翻装满牛奶的罐子，汉泽尔见状觉得好笑，母亲盛怒之下，把他们兄妹赶到森林去采草莓。正当沮丧的母亲葛特露疲倦入睡的时候，耳边传来一阵活泼的歌声，原来丈夫彼得已卖完扫帚高兴地走了回来。原本很生气的葛特露，看到丈夫带回一大堆食物，顿时眉开眼笑。这时候，彼得获悉两个孩子跑到森林去采草莓,吓了一大跳,说:"森林里有个老巫婆!"夫妇两人马上惊慌地跑出去寻找孩子。

在前奏曲《巫婆飞行》的音乐后幕启,汉泽尔与格蕾泰尔一边走在森林中,一边唱出《森林里住着一个小矮人》的民谣。兄妹两人当场就玩了起来,并痛快吃起摘到的草莓。不一会,四周暗了下来,天色转黑,正当兄妹两人感到害怕的时候,两个背着袋子的小矮人出现,小矮人表示他们是睡眠精灵,然后从袋子里掏出细砂,撒向兄妹两人。这时候兄妹两人唱完晚祷之歌后,马上觉得睡意矇眬,在不知不觉中睡着了。突然间,四周发出闪烁的光芒,变成哑剧场面。14位天使穿着金光闪闪的衣裳出现,温柔地翩翩起舞,看顾着已经安睡的兄妹。

汉泽尔与格蕾泰尔仍在甜蜜的睡梦之中。天色渐亮。露珠仙子出现,亲切向兄妹两人洒了水滴。当露珠仙子要离开的时候,葛丽泰醒来,叫醒了汉泽尔。两人开始互相谈起昨夜梦见14位天使降临的景象。晨雾消失后,他们发现一间用糖果做成的屋子。两人高兴地走了过去,认为这是天使所赐,开始从屋子的一角吃了起来。忽然屋里传出声音,兄妹俩以为是风声或老鼠声,不予理会继续吃下去。突然间巫婆从屋里出现,用绳子套住汉泽尔的脖子,开始用甜言蜜语诱骗他们进入屋内。兄妹俩不听,准备要逃走时,巫婆现出狰狞面目,念出咒语,将汉泽尔关在笼子里。巫婆命令格蕾泰尔替她做家事,自己打算把汉泽尔养胖了后再吃掉。面目可憎的巫婆要汉泽尔伸出手指让她看看长肥了没,汉泽尔用一根细木棒欺瞒过去。被命令做杂事的格蕾泰尔，用暗地里记住的咒语救出了笼子里的汉泽尔，然后趁炉灶盖子开着的时候，两人合力将巫婆推进炉中，赶紧关上炉门。事毕，两人狂喜着唱出"啊哈，巫婆已死"。不久后，巫婆的炉子突然爆裂，从中跑出一大群孩子，当大家快乐欢喜时，彼得和葛特露终于发现了他们的孩子，大家一同围着变成饼干的巫婆，合唱着感谢之歌。

《金鸡》
Zolotoy Petushok

这是根据普希金的童话原著所写成的歌剧，描写反复无常的昏君与其国家灭亡的故事，用来讽刺20世纪初罗马诺夫王朝末期发生混乱的俄罗斯。剧中以作曲者特有的华丽管弦乐，以及充满梦幻色彩的舞台最为人所称道。

都顿王正在为邻国的侵略而烦恼着，大伙开会商讨对策。两位王子分别陈述意见，但都不是很好的办法。这时一位星象大师出现了，将一只金鸡献给国王说，这是一只有灵性的鸡，只要国王有危急，它就会啼叫预警。国王大喜，将金鸡放在城里的尖塔上用以防御外敌入侵。然后答应给与星象大师任何他想要的东西。刚开始，金鸡都宣告太平，使国王无忧无虑，但一天夜里金鸡突然宣告危急，惊醒睡梦中的都城。国王马上派遣两位王子出兵。不久后，金鸡又宣布太平，国王重回到慵懒的生活步调中，为了知道与梦中美女的结果，开始贪睡起来。这时金鸡突然啼出紧急之声，国王不得已拿起古萧的武器与战袍，亲率懒散的军队出征。

都顿王抵达战场后，发现两位王子对刺而死，非常惊讶。当大臣安慰他而恢复神志时，晨曦闪耀了起来，山麓上浮出一座美丽豪华的帐篷。当大家一同惊异望着的时候，帐篷中走出一位天仙般的美女，开始唱出太阳颂歌。当国王询问她时，她自称是"谢玛哈女王"，并认真地说，准备以自己的美貌当做武器，夺取你的城池。并告诉国王，他的两个儿子就是为了争夺她而自相残杀。说罢，就以谄媚的音调和娇嗔的姿态迷惑都顿王。女王挑逗的歌声不断，国王不禁也以陌生的曲调应和，两人一起

《金鸡》的服装造型。1907年，里姆斯基-科萨科夫的最后一部歌剧《金鸡》问世，由于剧中带有讽刺帝王的暴虐性，无情地揭露沙皇的昏庸残暴，而遭到禁演，使得他有生之年未能亲睹到《金鸡》上演。

快活舞蹈后，国王终于在妖艳的女王面前屈服，交出自己和自己的国土，宣布要带回女王，士兵们同声欢呼。

皇宫女官向担心国王安危的百姓们宣布，国王即将带着新娘一起回国。不久后，响起华丽著名的进行曲，国王与谢玛哈女王双双凯旋归国。这时候星象大师突然出现，请求国王说："请遵守承诺，我最想要的是这位女人。"国王回说："只有这个不行，其他如金银珠宝、贵族头衔，甚或一半疆土皆可。"星象大师坚持不肯，国王一气之下用王杖打死了星象大师。这时候天空突然乌云密布，雷电交加，国王生怕是星象大师在作祟而浑身颤抖，这时谢玛哈女王的形象也开始变化。金鸡尖叫从塔上飞下来，袭击都顿王的头并使其死亡。众人惊恐之中，谢玛哈女王现出狰狞笑容，与金鸡一起消失无踪。

一阵烟雾后，舞台上只剩下尖塔与都顿王的皇冠，还有没死的星象大师以及民众。星象大师出来宣布说故事已经结束，然后提出结语说，如果没有专制昏庸的都顿王，就没有尖塔中可以预警的金鸡。习惯被统治的民众，今将何去何从呢？

《丑角》
I Pagliacci

这是与马斯卡尼的《乡间骑士》并驾齐驱的写实派歌剧（Verismo opera）代表名作。所谓写实派（Verismo），是标榜描写现实的"反小说主义"的文学运动，沿其路线写成的歌剧就被称为写实派歌剧，在19世纪末大为流行。雷昂卡发洛就是受到《乡间骑士》的刺激才写下此出歌剧，写完后曾参加尚佐诺（Sonzogno）音乐出版社主办的独幕歌剧作曲比赛，但是却因本剧为二幕构成被取消资格。幸好尚佐诺慧眼识英雄，看出本剧的价值，在其推荐下由托斯卡尼尼指挥举行首演。本剧以取材自真实事件的巧妙编剧法和热闹的音乐，获得空前成功。

开幕之前，由丑角模样的托尼欧登场，唱出著名的《序幕之歌》。启幕后，村民们以开心的合唱欢迎巡回剧团到来。团长卡尼欧敲着大鼓宣布说，各位今晚请务必光临，来看好戏。这时候团员托尼欧，对卡尼欧的妻子妮达动手动脚，被卡尼欧赏了一巴掌，托尼欧怀恨在心说"你等着瞧吧"。村民们邀大伙前去喝酒，只留下托尼欧一人。当一位村民嘲弄说，托尼欧可能想要追求妮达时，托尼欧脸色大变唱出"那只是玩笑，随它去吧"，然后继续咏唱出内心对妮达的热烈爱意，并当众亲吻了妮达。随后，村民们一边唱出《钟之合唱》一边往教堂走去。卡尼欧一伙人与村民们走出酒店后，妮达一个人唱出《飞鸟之歌》，憧憬着自由自在的生活。这时候托尼欧出现并向她求爱，被她用鞭子赶走。乡村青年席维欧随后赶来，与妮达一起唱出爱的二重唱。怀恨在心的托尼欧带着卡尼欧回来，躲在暗处观察。妮达与席维欧相约私奔。妮达轻声向席维欧说："从今晚起，我就完全属于你。"卡尼欧被激怒冲了出来，席维欧逃之夭夭，卡尼欧得意大笑，妮达不肯作答。这时候团员之一的培佩赶来说戏将开演，劝解了卡尼欧。众人离去后，单独留下的卡尼欧，一边准备上戏一边悲泣地唱出著名的咏叹调《粉墨登场》。

在村民们的催促声中，一场戏中戏的即兴假面喜剧开始上演。由培佩扮演的阿雷基诺，向妮达饰演的柯伦碧娜唱出小夜曲《噢，柯伦碧娜》。这时候托尼欧饰演的仆人塔德欧出现，向柯伦碧娜倾吐爱意，全被拒绝。悄悄潜入的阿雷基诺把塔德欧一脚踢开，然后与柯伦碧娜一起享受美酒佳肴。突然间，塔德欧跑进来通知说，柯伦碧娜的丈夫——由卡尼欧饰演的帕里亚乔回来了。柯伦碧娜向要逃走的阿雷基诺说"从今晚起，我就完全属于你"。准备上场的卡尼欧听后大骂说"跟刚才的话一样"，而后恢复清醒开始演戏。饰演丑角帕里亚乔的卡尼欧，逼问柯伦碧娜那位男子是谁。柯伦碧娜答说是塔德欧，塔德欧扮着鬼脸,逗得观众哄堂大笑。怒得发火的卡尼欧,已分不清是演戏还是真实生活,唱出愤怒的咏叹调《我已经不是小丑了》。对这逼真的演技,观众报以热烈的掌声。但卡尼欧仍然追问妮达那位男子是谁,妮达想重新回到戏里,却不得要领,怒气冲天的卡尼欧继续逼问着那名男子。观众席上的村民们开始骚动感觉情况不妙,妮达最后也以犀利的口气大骂说"就是杀了我也不说",怒不可遏的卡尼欧一刀刺向妮达。妮达倒地喊叫席维欧的名字,卡尼欧说"原来是你",并刺杀了跑过来的席维欧,然后面对观众说"喜剧已经结束了"。

《曼侬·莱斯柯》
Manon Lescaut

这是普契尼看到马斯内的歌剧《曼侬》大获成功后，激起热情写出的歌剧成名作。剧本的制作备尝辛苦。

以学生艾德蒙为首，一群青年男女聚集在广场上讴歌青春的时候，年轻骑士格里乌斯出现，大伙儿邀他加入玩乐，他却不为所动，反而讽刺说："你们之中有能够让我着迷的姑娘吗?"不久后马车到达，禁卫中士莱斯柯与其妹妹曼侬，还有老富翁财政官杰隆特，相继从马车上走下来，旅馆主人立即出来迎接，并将莱斯柯与杰隆特请进旅馆。自马车到达后就一直注视着曼侬的格里乌斯，走近单独留下来的曼侬身边询问其芳名，她说她的名字叫曼侬，明天一大早就要进入修道院。两人相约在深夜再见后，曼侬被哥哥叫进旅馆。独自留下的格里乌斯唱出《从未见过这么美的姑娘》，心里愈加思慕曼侬。接着，莱斯柯与杰隆特相继出现，杰隆特邀请这对兄妹一起用餐。莱斯柯开始加入牌局后，垂涎曼侬的好色之徒杰隆特想利用莱斯柯热衷玩牌的空档拐走曼侬，下令旅馆主人准备马车。偷听到诡计的艾德蒙，把话全部告诉格里乌斯。天黑后，格里乌斯向依约来到的曼侬表明爱意，然后靠着学生们的帮助，将计就计，乘着杰隆特准备的马车逃之夭夭。从旅馆走出来的杰隆特见状气得跺脚，后悔不已，学生们则在一旁嘲笑他。

私奔后，贫穷的格里乌斯与曼侬的生活维持不久，曼侬即变成杰隆特的情妇，过着奢华的生活。不久后她向来访的哥哥莱斯柯吐露心声："虽然穿着华丽，但没有爱情的生活却十分空虚"，她心里非常怀念格里乌斯。这时候乐师们奏出杰隆特所作的乐曲，曼侬也在一边练起舞蹈。好色的杰隆特出现，称赞曼侬的美丽后离去。大家退场后，格里乌斯走了进来。格里乌斯的愤怒，被曼侬谦虚的态度所溶解，当两人热烈拥抱时，杰隆特突然出现，见状妒火中烧，疯狂跑了出去。这时莱斯柯冲进来说，杰隆特跑去报警，催促两人赶快逃走。正当曼侬在收拾珠宝的时候，杰隆特伙同警官来到，带走了曼侬。

被当做妓女判刑驱逐出境的曼侬，跟其他囚犯们一起等待着开往美国的轮船。这时候莱斯柯带着格里乌斯来到，两人隔着铁窗倾诉久别的心情，但莱斯柯收买士兵的计划并未成功。不久后，出航的船只准备待发，女囚们一一接受点名进入船舱。点到曼侬时，格里乌斯紧紧抱住哭泣的曼侬，恳求船长说，他愿意在船上劳役，请把他一起带往美国，终获船长同意。

但到了美国之后的两人，却因不断惹出麻烦，被逐出殖民地，被追逐逃到新奥尔良的荒野，饥寒交迫且疲惫不堪的曼侬，再也无法动弹。格里乌斯去寻找饮水和休憩之地后，觉悟不久人世的曼侬,绝望唱出《一个人被孤寂遗弃》。毫无所获、双手空空回来的格里乌斯,将曼侬抱在怀里诉说最后的情意,两人誓言永远相爱后,曼侬气绝身亡,格里乌斯伏在尸体上号啕大哭。

《西部姑娘》
La Fanciulla del West

这是普契尼受纽约大都会歌剧委托,频繁采用美国民族音乐与爵士乐要素写成的西部风歌剧。

这里是为了一夜致富来到西部淘金的矿工们,惟一可以获得安慰的场所。深得人缘的酒店女主人咪妮,在这里开设圣经教室,代人写信,成为男士们的偶像。一心一意爱着咪妮的警长兰斯(Rance),向她求婚,唱出"咪妮啊,自从我离家以来",诉说愿意交出全部财产给她,但咪妮加以婉拒,唱出"当我住在索列达的时候",表示自己有一天会和心爱的人一起生活。这时候走进一位陌生的外国人,自称是来自萨克拉门托的约翰森,其实是目前正被重金悬赏缉拿的强盗头拉梅列斯。不仅是咪妮,包括警长兰斯与矿工们,没人知道眼前男子的真正身份。但咪妮与约翰森并非初次见面。回忆起曾见过约翰森的咪妮,开始亲切招呼他,兰斯见状十分嫉妒,于是大声喊叫想赶走这身份不明的男子,这时咪妮出面庇护他。就在这时候,货运公司的经理阿希比,抓来一个强盗的部下卡斯特罗,男士们把他绑起来,由他带领外出搜捕强盗头拉梅列斯。这时候与咪妮两人留在酒店的约翰森,开始称赞咪妮的美貌,咪妮说她还要照料矿工,约他晚上在山腰的小屋再见后,送他出去。

咪妮的印第安女仆沃克与她的男友比利正在谈论婚嫁的时候,咪妮回来,吩咐沃克准备两人份晚餐,然后开始打扮起来,使沃克觉得讶异。不久后约翰森依约来到。在交谈中,两人心心相印,咪妮把初吻献给了他。未几,屋外风雪大作,搜捕拉梅列斯的兰斯一伙人来到,咪妮赶紧将约翰森藏起来。兰斯一边搜索一边宣布说约翰森就是大盗拉梅列斯,因发现脚印而怀疑咪妮。大家回去后,咪妮追问约翰森,约翰森告白说,他是在不得已的情况下继承父亲死后留下的强盗集团,自从认识咪妮以后,开始有了爱的觉醒,梦想着洗心革面的新生活。但咪妮并未接受他的说辞,毅然把他赶出小屋。这时候屋外传来枪声,约翰森冲进屋内卧倒在地。咪妮迅速把他藏到屋顶的阁楼后,兰斯马上带着手枪进来,四处找不到约翰森的踪迹。不料这时候约翰森的鲜血却掉落在兰斯手上。觉悟的咪妮,答应以扑克牌游戏当赌注好赢取约翰森的未来。到最后第三次决定胜负的时候,危险的咪妮假装身体不舒服,要兰斯取酒来提神,咪妮趁空档抽换纸牌赌赢。愤怒的兰斯捶胸顿足离去后,咪妮陶醉在胜利中将纸牌撒到空中,与约翰森热烈拥抱一起。

拉梅列斯从手中逃掉,又受到咪妮侮辱的兰斯大失面子。

气愤之余,动员所有壮丁全力追捕拉梅列斯。不久后,被逮到的约翰森(拉梅列斯)被押解出来,站在准备吊死他的大树前唱出"自由的日子即将来到",哀求大家不要把他的死讯告诉咪妮。这时咪妮骑马奔驰而来,绵绵诉说他爱上约翰森的经过,以及自己如何奉献青春为大家服务的情景,乞求大家饶他一命。男士们相继被咪妮温柔善良的心感动,终于解开了约翰森身上的绳索,咪妮与约翰森感谢大家,在告别声中走上新的人生旅程。

《外套》

Il tabarro

这是普契尼从巴黎看到的人偶戏,以及但丁《神曲》中的《地狱篇》、《净罪篇》与《天堂篇》的三部作而获得灵感写成的歌剧,属于三部作中的第一部。

9月里一个美丽的黄昏。装卸工人们背负着重货物,在船岸之间架设的跨板上穿梭往来。叼着烟斗的船长米凯列,在舵前出神地望着一片夕阳美景。他的妻子乔治塔从船房走出来,收拾衣物,忙碌家事,看到丈夫优哉游哉的样子,大声问道,今天的工作似乎快要告一段落。米凯列闻声马上差遣装卸工人,一边向乔治塔回说,待工作完毕后,会请大家喝酒消遣,然后抱住妻子想亲吻一下,被乔治塔闪了过去。表情扫兴的米凯列不愉快地走下船舱而去。一天工作结束后，装卸工人们兴高采烈地喝着乔治塔所请的美酒，并叫住刚好走过的手摇琴乐师，在他的伴奏下，汀卡首先挽住乔治塔起舞，然后交由路易吉紧抱住乔治塔的身体热舞。米凯列从船舱走出来，两人看了慌忙分手，路易吉赏给乐师一点小钱，与伙伴们再度走下船舱。乔治塔若无其事地问候丈夫，两人之间开始冷淡起来。这时候从对岸走来的卖唱者，被针织女工们围住，献唱出新歌。不久后，塔尔巴的妻子芙露戈拉捡完破烂后走来，为了取悦乔治塔，取出捡到的一堆破烂给乔治塔观赏，并骄傲地说着自己的一套处世哲学。装卸工人们纷纷从船舱走出来准备回家，喝得烂醉的汀卡，对着嘲笑他的芙露戈拉歌颂出酒的功德，路易吉深有同感和着唱出"正如你所说"，然后感叹自己的青春都在痛苦中度过。芙露戈拉接着唱出"真希望能早日有自己的家"，乔治塔则说希望能在陆地上的巴黎与平常人一起生活，当他知道路易吉是同乡人时，两人更加亲密起来。芙露戈拉与塔尔巴夫妇回去后，乔治塔和路易吉两人就开始互诉情衷，立下爱的盟誓。这时候发现米凯列出来的两人立即分手，路易吉请求米凯列把他带到卢昂让他下船，米凯列不肯，又走下船舱。乔治塔问路易吉为何想要在卢昂下船，路易吉说留在这里只有频增痛苦，两人于是继续唱起爱的二重唱。乔治塔对路易吉说"我会点燃火柴棒做信号，到时你再回来"，当路易吉想要拥抱她时，米凯列又再度出现，两人分手，路易吉离船而去。

米凯列询问妻子"为何还不睡觉？"然后责备乔治塔的冷

淡态度,悲叹唱出"自从我们的孩子死后,幸福快乐的生活已经改变",希望能恢复往日的光阴,说着就想拥抱妻子亲吻,但乔治塔毫不理睬他,径自走入船房。

远处传来军营熄灯的号角声,米凯列嘀咕着"一点也没有动静",然后用憎恶的语气咒骂说:"究竟妻子所爱的男子是谁……塔尔巴已经年迈,汀卡是个酒鬼,路易吉才刚刚请求让他在卢昂下船",当他百思不解取出烟斗点火抽烟时,路易吉误以为是幽会的信号赶紧跑来。不料被米凯列抓个正着,米凯列用绳子套住路易吉的脖子,逼他招认与妻子的关系,路易吉拼命抵抗,最后说出几声"我爱她",就被米凯列绞死。发现乔治塔从船房走出来的米凯列,很快脱下外套盖住路易吉的尸体,把一副后悔模样靠过来的乔治塔带到外套旁边,冷酷掀开外套,乔治塔看到尸体花容失色,米凯列抓住尖叫的乔治塔,硬把她的脸压到情夫的脸上。

《修女安杰莉卡》
Suor Angelica

这是前述三部作中的第二部。相当于但丁《神曲》中第二部的《净罪篇》,是高度散发宗教气息的奇迹剧,剧中的登场人物全是女性。

修道院礼拜堂传来修女们祈祷的合唱,有两位望教者(编

注:学习基督教义准备受洗的人。)与修女安杰莉卡迟到,急急忙忙进入礼拜堂。礼拜一结束,修女长斥责三位迟到的人与礼拜中态度不好的人,并加以惩罚。休息时间一到,修女们各自到花园里整理花草,一边眺望着夕阳美景,当日光射进圣泉发出金光时,大家高兴地说奇迹发生了,这使大家想起去年发生同样奇迹时有一位修女去世,于是大家提议带着圣水前去洒在那位修女的坟上。修女们开始相继说出自己的愿望与祈求,当杰诺维叶华询问安杰莉卡期望什么时,安杰莉卡说"什么也没有",修女们嘀咕着"真没道理",于是开始交头接耳议论起安杰莉卡的身世。安杰莉卡原是名门贵族出身。后来因故进入修道院,至今已经七年,完全与家里断绝音讯。这时医务组修女跑来说,有一位修女被蜂螫,痛苦万分,安杰莉卡立即摘取所需药草,告诉她药的做法与治疗方法。不久后,外出募捐的修女们带着在驴子的背上堆积的许多物品回来,大家看了非常高兴。其中一人说,门外停着一辆豪华马车,修女们都期待有亲人来会面,安杰莉卡也以不安的表情询问马车的模样。不久后,通知的钟声响起,修道院长进来叫出安杰莉卡的名字。没被叫到的修女们都失望地退场,来访的是公爵夫人,也就是安杰莉卡的伯母。看到拿着黑檀木拐杖缓缓走进来的公爵夫人时,安杰莉卡非常感动,但公爵夫人对侄女却非常冷淡,安杰莉卡上前问候时,她仍然面无表情。公爵夫人说,20年前安杰莉卡的双亲(公爵夫妇)过世时委托她管理遗产,如今安杰莉卡的妹妹要结婚,她希望安杰莉卡能在遗产分配书上签名。

将她的部分全部让给妹妹。安杰莉卡听说妹妹要结婚非常高兴，询问妹妹的对象是谁，夫人却冷言回说"那个人正是可以补偿你败坏家名之罪的人"。接着安杰莉卡又问，7年前她犯错生下的儿子如今安否，这是安杰莉卡惟一想知道的事。安杰莉卡就是因为生下私生子，才被送进这间修道院。不料公爵夫人却冷酷回说，这孩子已在两年前罹患重度传染病去世。安杰莉卡闻讯悲鸣昏倒，而后噙着泪水在文件上签名，公爵夫人拿着文件由院长引导离去。丧失爱子，再没有生机的安杰莉卡唱出"没有母亲，你一个人先走了"，思念着寂寞死去的儿子，回来的修女们，见状纷纷趋前安慰。这时传来回房的钟声，大家各自回到自己的房间，当夜幕低垂，四周一片漆黑的时候，安杰莉卡抱着一只小水壶出来摘采药草，然后汲取泉水注入壶中，点燃捡拾的树枝煎起药来。接着她面对修女们的寝室唱出告别之歌，亲吻着十字架，在恍惚之中喝下了煎好的毒药。但突然间她却感觉到犯了自杀之罪，良心受到一阵苛责，开始乞求饶恕，一边祈祷圣母拯救。这时候圣母显灵，传来天使的合唱，整个修道院充满光芒，奇迹出现了，圣母带着安杰莉卡的爱子从小门走出，并将小孩推向安杰莉卡身边。安杰莉卡在幸福与喜悦的恍惚中安详断气，这时奇迹的光芒更加耀眼。

《贾尼·斯基基》
Gianni Schicchi

这是三部作的第三部。以但丁《神曲》"地狱篇"中登场的"奸诈人物贾尼·斯基基"为素材写成的喜剧,舞台背景是13世纪的佛罗伦萨。

刚断气的布欧索的遗体躺在床上,亲属们围在一旁,个个露出夸张的哀悼表情。其实他们心里真正关心的是庞大遗产的流向。这时谣传说,遗书中写着要将所有遗产捐赠给修道院。万一这遗书落到公证人手中一切就完了。想到这里,大家不约而同地拼命寻找遗书,家里瞬时大乱,在翻箱倒柜中,大家还是不忘将值钱的珠宝藏在怀中。不久后,布欧索的堂妹琦塔的侄儿李奴乔,突然发现写在羊皮纸上的遗书。但他只在头上晃动几下就收了起来,然后告诉伯母琦塔说,如果想得到布欧索的遗产,必须答应让他跟所爱的劳蕾塔结婚,但没被理睬,大家一抓住他就掏出遗书来。当大家注视遗书的时候,李奴乔拜托奈拉的儿子杰拉第诺(Gherardino)去叫来劳蕾塔的父亲贾尼·斯基基。遗书果然如传说一般,写着全部捐赠给修道院。大家的失望之声,不知什么时候已转变成愤怒与诅咒。"难道没有别的办法了吗?"大家商谈着,李奴乔突然大叫说只有贾尼·斯基基有办法,然后唱出"佛罗伦萨就像开花的树一般"来称颂佛罗伦萨,并要大家以温暖的心迎接新伙伴贾尼·斯基基,使大家感到无比痛恨。这时候,贾尼·斯基基真的带着女儿劳蕾塔来到。琦塔说她不会让侄儿娶穷光蛋的女儿,斯基基假装生气要离去,李奴乔立即拦住,拿出遗书请他想想办法,劳蕾塔也帮腔唱出"我的父亲啊",诉说如果不能和李奴乔结婚,便要跳河自杀。斯基基不得已留下来,看着遗书思考许久。大家见状非常颓丧,不久斯基基便想出锦囊妙计。他打发女儿劳蕾塔去阳台喂小鸟,然后询问大家,确定除了在场人士以外无人知道布欧索的死讯后,就差人把遗体移至别处,然后

三部曲中第三部《贾尼·斯基基》的主角造型。这是普契尼惟一的喜歌剧。

叫来医生斯毕内罗乔(Spinelloccio),再使声色请他回去,自己则装扮成布欧索,重新制作一份遗书。斯基基向大家说明这计划后,大家异口同声称赞斯基基的妙计,感激之余纷纷趋向斯基基的耳边,说出自己想要的东西,斯基基频频点头表示了解,大家觉得终于如愿以偿,兴奋无比。当大家得意扬扬的时候,斯基基却又警告大家说,我必须事先声明,法律规定伪造遗书者以及所有共犯都要处断手之刑,同时驱逐出境。说罢开始

把自己装扮成布欧索,然后钻入卧床之中拉上布帘,公证人和立书人来到后，他开始口述遗言。首先他宣布上次的遗书作废,只以少许金钱捐赠修道院,并吩咐葬礼要节俭,获得大家同意后,开始遵照先前的意思,分配给大家想要的东西。等到分配不动产时,不料每一项都是赠送给"我独一无二的好友贾尼·斯基基",亲属们纷纷怒不可遏。斯基基马上唱出《再见佛罗伦萨》,提醒大家注意断手和驱逐出境的法律,瞬时鸦雀无声,无人再敢说话。接着,他又吩咐从琦塔所分得的部分支付给公证人额外酬金,当公证人兴高采烈回去后,亲属们一拥而上,准备修理斯基基,但遵照遗书规定,布欧索的家已经变成斯基基的家,斯基基面不改色地要大家滚出去,一伙人做最后挣扎,在混乱中顺手牵羊,抱了一些家具和装饰品慌张走了。这时候斯基基面对欣喜相拥的劳蕾塔与李奴乔,问观众说"我这样的财产处置不错吧"。

《托斯卡》
La Tosca

这是普契尼登峰造极的歌剧名作。据说获悉此戏曲被写成歌剧的威尔地,十分羡慕普契尼。

拿破仑大军击败奥地利与意大利联军的1800年6月某日。越狱脱逃的政治犯安切洛蒂找到钥匙后, 换穿上妹妹阿塔凡蒂侯爵夫人为他准备的衣服，躲进侯爵家的礼拜堂。不久后，负责绘制教堂壁画玛莉亚像的画家卡伐拉多西回来，他掀开画上的布幕，然后从怀里拿出歌女情人托斯卡的画像，一边比照，一边唱出《奇妙的调和》。从礼拜堂露出脸来的安切洛蒂，很高兴能与卡伐拉多西再次见面。两人原是从前的老同志，这时候托斯卡刚好来到，安切洛蒂拿着卡伐拉多西给他的食物躲了起来。托斯卡是个信仰虔诚，但嫉妒心很重的人，她怀疑卡伐拉多西是否另外交了壁画上所绘的蓝眼

普契尼歌剧《托斯卡》的宣传海报。

珠女人，于是约他在当晚的音乐会后一起到郊外的别墅去。托斯卡走后，安切洛蒂再度出现，卡伐拉多西告诉他自己在郊外别墅的去路，以及碰到危险时可以躲在花园的古井里。这时候，外面传来通知有人逃狱的大炮声，两人赶紧离开教堂。岔开走进的教堂守卫告诉大家说"罗马军已击败拿破仑大军"，并与冲进来的见习生和少年圣歌队员们大声喧闹。这时候警

察总监斯卡皮亚,突然带着部下出现,他在阿塔凡蒂家的礼拜堂发现镶有侯爵家徽章的侯爵夫人扇子,以及已经吃完食物的空盒子,当他看到玛莉亚画像时,马上知道作画的人是反体制派的卡伐拉多西,心里好像有了什么盘算。这时候托斯卡再度登场,曾经垂涎托斯卡许久的斯卡皮亚,看到托斯卡就起了邪念,想在捉拿逃犯的同时,挑动托斯卡的嫉妒心,一口气将她占为己有。他假装非常温柔,并拿出侯爵夫人的扇子,一边命令部下尾随气得发火的托斯卡一探究竟。这时教堂内传来《谢恩赞美歌》的庄严合唱,斯卡皮亚则背道而驰,和着唱出邪恶的野心。

　　斯卡皮亚一边享用晚餐,一边动着邪念,就在此时,楼下的大厅正举行着凯旋庆功宴,并传来托斯卡的歌声,不久后卡伐拉多西被押解到来,斯卡皮亚讯问他关于安切洛蒂的行踪,却一点着落也没有。音乐演奏结束后,托斯卡来到,斯卡皮亚趁机让她听到隔壁拷问室卡伐拉多西受刑的痛苦呻吟声,托斯卡忍耐不住,终于招出安切洛蒂的藏匿处说"在花园的古井中"。拷问结束,昏厥过去的卡伐拉多西被拖出来,知道托斯卡背叛他后十分气愤。这时候传来消息说,罗马军战胜是误报,卡伐拉多西听了高兴地大叫"胜利了",斯卡皮亚盛怒之下下令将他押入大牢,并阻挡住想尾随前去的托斯卡,逼近询问她需要什么报偿。绝望的托斯卡心乱如麻地唱出"歌唱是我的生命,爱情是我的活路",泣不成声地哀求斯卡皮亚救情人一命,斯卡皮亚答应她只做表面的处刑。接着,托斯卡要求给他们两人出国的通行证,斯卡皮亚也爽快答应了,很快拿起笔来书写文件,这时候托斯卡的视线停留在餐桌上的一支小刀,当斯卡皮亚欲遂行欲望而逼近时,托斯卡突然拿起小刀刺进他的胸膛。

处决日的早晨,卡伐拉多西回忆起从前跟情人托斯卡相处的美好时光,唱出《星光多么灿烂》。由警卫引领来到的托斯卡,向卡伐拉多西描述她杀死斯卡皮亚的经过,两人高兴唱出可以出国的喜悦后,卫兵们登场,开始举行枪决仪式。以为只是空子弹的托斯卡,跑到应声倒地的卡伐拉多西身旁时,情人已经断气死亡。知道受骗的托斯卡悲痛呐喊,这时候获悉斯卡皮亚被杀的卫兵们,为逮捕托斯卡奔驰而来。托斯卡从露台上一跃跳下,追随情人而去。

《波希米亚人》
La Boheme

普契尼与雷昂卡发洛的友情,就是因为雷昂卡发洛抢先谱作本剧而破裂。但仍以普契尼所写的音乐较为成功,而且内容也较能跳脱穆尔格(Henry Murger)原著的束缚。

1830年左右的严寒圣诞夜。在巴黎一幢破旧公寓的屋顶阁楼里,画家马尔切罗、诗人鲁道夫、音乐家萧纳尔与哲学家柯林等四位年轻艺术家,正愉快地过着漫无计划的波希米亚人生活。家中不但无柴可以烧来取暖,而且一直拖欠房租。等

莫加里（Luigi Morg-
ari）为普契尼歌剧
《波希米亚人》所绘
第三幕的场景：巴黎
郊外城门前的广场。

到受雇于富裕英国人的萧纳尔拿到酬劳，买回食物、美酒与木
柴之后，四人才又恢复活力，但运气不佳，这时候房东布诺亚
却跑来催讨房租，四个人合力把他灌醉撵了回去。然后说好到
圣诞夜热闹的巴黎街头寻欢。鲁道夫因有紧急稿件要赶，一个
人留在桌前，这时传来敲门的声音，一位身体虚弱自称住在楼
下的针织女工咪咪，因烛火熄了前来借火柴。罹患肺病的咪
咪，在楼梯口喘息不止，鲁道夫上前扶了她。借到火柴回去后

的咪咪，因忘了钥匙又折了回来。这时候突然吹来一阵风，把两人的烛火都吹熄，于是两人开始在漆黑的屋内寻找钥匙，当两人的手互相接触的一刹那，鲁道夫紧握住咪咪的手唱出《你这好冷的小手》，咪咪回答唱出《我的名字叫咪咪》，开始诉说自己的身世。这时楼下传来伙伴们呼叫鲁道夫的声音，鲁道夫与咪咪开始在月光下唱出《可爱的少女啊》，一边歌颂爱情，一边走了出去。

在圣诞夜的热闹之中，鲁道夫向伙伴们介绍咪咪，五人开始愉快共进晚餐，这时马尔切罗的前女友穆塞塔打扮时髦地挽着现在的男友阿金多罗出现，坐在另一桌。发现马尔切罗在场的穆塞塔，为引起他的注意开始唱出《穆塞塔圆舞曲》，假装没看到的马尔切罗听到她的歌声心也软了下来。这时候穆塞塔突然说她脚痛，要阿金多罗去帮她买双新鞋，穆塞塔趁这时候再度回到马尔切罗怀中，并将所有的账单推给阿金多罗，一伙人在人群中消失。

鲁道夫与咪咪开始谈起恋爱，马尔切罗与穆塞塔则住进安菲尔门旁边的一家酒店讨生活。两个月后，一个下雪的清晨，不断咳嗽的咪咪来访叫出马尔切罗，向他诉说昨夜住进酒店的鲁道夫最近对她越来越冷淡，马尔切罗不知如何安慰好。不久后睡醒出来的鲁道夫，开始讲述咪咪的病情以及他的烦恼，后来发现不停咳嗽的咪咪就跑了过去，咪咪唱出一曲暗示再见的告别之歌。这时候，酒店内传来穆塞塔与马尔切罗争吵的声音，两人一边对骂一边走了出来，咪咪与鲁道夫刚讲完甜美的离别之情,于是两对情侣联手唱起分手的四重唱。

　　四位波希米亚人重回到原来的屋顶阁楼，过着无拘无束的生活,但鲁道夫与马尔切罗显然无法忘记分手的情人。正当四人像孩子般玩得起劲的时候,穆塞塔带着咪咪突然跑进来说,咪咪想死在鲁道夫身边。大家让咪咪躺卧在床后,全部外出买药请医,留下鲁道夫一人,这时候两人追忆往事,热烈拥抱在一起,但咪咪又咳嗽不止。这时穆塞塔从外头带回来的一双皮手套使咪咪感到十分高兴。正当穆塞塔一面煮药一面祈祷,鲁道夫去拉上窗帘想把屋内弄暖的时候,咪咪的皮手套从手上掉落下来。发现咪咪已经断气的萧纳尔悄悄告诉马尔切罗,发呆的鲁道夫见事情不妙,才知道咪咪已经死亡,于是疯狂叫着她的名字,倒在她的遗体上放声大哭。

《蝴蝶夫人》

Madama Butterfly

　　这是以日本长崎为背景的名作。普契尼受到当时驻意大利的大山公使夫人的协助，将日本古谣与美国国歌的旋律用在歌剧之中。

　　可以眺望长崎峡湾的高岗住宅区中一幢由窄廊围绕的住家院子前面,趁着军舰停泊长崎的机会,在婚姻掮客五郎的中介下想娶蝴蝶小姐为妻，并正在寻找房子的美国海军军官平克尔顿,在五郎的引领下登场。这时候驻长崎的美国领事夏普莱斯跑来,劝告他这是一桩行不通的婚姻,但平克尔顿不听。两人举杯高歌"美国万岁"之后,远方传来少女们的歌声,蝴蝶小姐在亲朋好友的簇拥下抵达,夏普莱斯问起她的身世,她说她今年15岁,并述说着家道中落后沦为艺妓的坎坷命运。接着她告诉平克尔顿说,昨天她已悄悄上教堂接受洗礼,亦要平克尔顿观看她所带来的宝贵收藏品。一切就绪后,婚礼正式举行,当大家高兴举杯庆贺的时候,蝴蝶的僧侣伯父慌忙冲了进来,斥责蝴蝶背叛祖先的信仰,并且带走了当场与她断绝关系的亲友后退场。这时候平克尔顿安慰着哭倒在地的蝴蝶,在美丽的星空下,两人幸福地唱着爱的二重唱。

蝴蝶与平克尔顿筑起爱的小窝经过三年,其间平克尔顿返回美国,蝴蝶生下一位可爱的儿子。平克尔顿自回国后杳无音讯,女佣铃木开始怀疑平克尔顿的爱情,但蝴蝶夫人一直深信平克尔顿一定会回来,唱出《美好的一日》。自平克尔顿回美后,五郎就不管蝴蝶的美梦,一直纠缠着要她再嫁给有钱的公爵,但蝴蝶始终不予理会。这时候夏普莱斯带来平克尔顿寄达的信,信中说他要在美国正式结婚,请夏普莱斯婉转告诉蝴蝶,夏普莱斯吞吞吐吐,好不容易说出实情后,愤怒的蝴蝶夫人一边看着与平克尔顿生下的孩子,一边哭诉着自己的命运。夏普莱斯吐露同情的话语告别后,突然从港内传来军舰入港的炮声。蝴蝶夫人急忙拿起望远镜一看,果然是平克尔顿所乘的军舰。惊喜万分的蝴蝶夫人,赶紧要铃木帮忙采集"庭中花"

装饰房间，然后自己穿上结婚时的礼服，在纸糊的拉门上挖了三个小洞，自己和儿子以及铃木由内往外看，等待平克尔顿的归来。可是一直到深夜，淡淡的月光依然只映出三个美丽的剪影，远处传来哼唱的合唱声。

朝阳射进屋内，依旧不见平克尔顿的踪影。在拉门前睡着的铃木醒来，劝蝴蝶夫人与儿子入内休息，这时夏普莱斯果然陪同平克尔顿来到。看到满屋摆饰的花卉，平克尔顿陷入沉思的悔恨。这时铃木看到庭院内站着一位外国妇人，马上了解所有的事情，她与夏普莱斯同声谴责平克尔顿的不是，平克尔顿无地自容地唱出《再见，可爱的家》，快速跑离现场。这时候醒来的蝴蝶夫人从里面走出来，看到的不是等得焦急的平克尔顿，而是泪流满面的铃木与夏普莱斯，还有一位陌生的美国妇人。蝴蝶在大家离去后，独自取出父亲留下的短刀，念出刻在刀上的铭文。这时被铃木带出去的儿子跑了进来。她抱起孩子，流着眼泪唱出诀别之歌，然后蒙住儿子的眼睛，自己走到屏风后面，举刀自戕。这时从远处逐渐传来平克尔顿呼喊蝴蝶的叫声。蝴蝶一边听着叫声，一边在痛苦的挣扎中，从屏风后面爬出来，想靠近蒙住眼睛正在天真玩耍着的儿子，最后不支倒地气绝身亡。

《图兰朵》
Turandot

　　这是普契尼最后的一出歌剧。写到第三幕第一场《柳儿之死》的时候，普契尼便客死在布鲁塞尔的医院，其余部分则由好友兼门生的阿尔法诺（Franco Alfano）作曲完成，指挥初演的托斯卡尼尼，在歌剧演到《柳儿之死》的地方，突然放下指挥棒说"老师仅写到这里"便宣告演出结束，等到下一次公演时才演出全剧。

　　在中国的北京，图兰朵公主对因其美貌而慕名前来求婚的邻国王子们，提出三道谜题，猜中就下嫁给他，猜不中就砍下人头。今日又有一位王子被押赴刑场处决，城墙前挤满了看热闹的群众，混乱中突然有位瞎眼老人被推倒在地，他身边的一位年轻女子高声呼救。这位老人正

《图兰朵》1926年发行的
剧本第一版本封面。

是遭陷害被驱逐出境,流浪在外的鞑靼逊王铁木儿。身旁年轻女子是从前服侍王子的婢女柳儿,她一路扶持铁木儿流亡至此。这时有一位听到呼救声音的年轻人跑了过来,他就是隐姓埋名,与铁木儿分散流亡的王子卡拉富。正当父子俩欣喜重逢的时候,美艳的图兰朵公主出现在阳台上,对公主一见钟情的王子,不听父亲与柳儿的劝止,一心要去猜谜求婚。当朝的三位大臣平、庞、彭也出来劝他断了这个念头,但王子不为所动。这时刽子手提着刚被斩首的王子头颅走过来,柳儿眼泪汪汪,想劝阻卡拉富,深情唱出《王子,请听我说》,王子则唱出《别哭吧,柳儿》来安慰柳儿,说他一定能猜中公主的谜题,平安无事,请柳儿善待父亲后,便高喊图兰朵的名字,前去敲响阳台下的猜谜之锣,向公主的求婚谜题挑战。

三位朝中大臣平、庞、彭,述说着至今已有十三位王子枉死在公主的谜题之下,皇帝阿尔顿不忍流血的悲剧再演,出面劝解年轻人不要再向公主求婚,但即使如此,依然无法改变王子的初衷。向年轻人冷冷一瞥的图兰朵公主,唱出《在这圣殿之中》后,向年轻人逐一提出三道谜题,却一一被王子破解。皇帝与朝众欢欣鼓舞,公主却反悔,不愿下嫁给陌生的年轻人,皇帝要她遵守诺言,公主绝望挣扎。王子见状,于是说出只要在天亮之前猜中他的名字,他就引颈就死,否则要图兰朵嫁给他,公主不得已只好答应这个条件。

北京城内传出公主的命令,在未查出陌生年轻人的名字以前,任何人都不许睡觉。只有王子得意地唱出《公主彻夜未眠》，深信自己必将获得公主的芳心。这时传来一阵骚动的声音，群众拖着铁木儿与柳儿上场，因为有人看到他俩曾与陌生青年交谈。在图兰朵公主的逼问下，两人仍守口如瓶，不肯说出陌生人的名字。柳儿一边唱出"只有我一个人知道他的名字"，一边忍受严刑拷打。公主对柳儿如此坚强的力量感到惊讶，柳儿再唱出"你冰冷的心将被融化，然后爱上他"，并说出她可以熬受拷打的坚强力量来自"爱情"，说完冲向卫兵身旁夺起短刀，刺进自己的胸膛。众人为纯情的柳儿燃起同情之心，连冷酷的公主也被未知的力量深深感动。铁木儿与城里的民众悲叹柳儿的死亡后离去，舞台只剩下公主与王子两人（普契尼的作曲只写到这里）。这时王子突然撕下公主的面纱。拥抱图兰朵热烈亲吻起来。这个甜美的初吻，终于使固执的公主缓和下来，深信已经征服公主芳心的王子，报出自己的名字，愿将自己的性命交给公主。在皇帝与众朝臣的面前，公主说她要宣布王子的名字，大家愕然地竖起耳朵，图兰朵公主慎重地宣布说："他的名字叫'爱情'。"之后大幕在众人称颂皇帝的仁德与爱情的伟大声中落下。

《佩利亚斯与梅丽桑德》
Pelleas et Melisande

这是改编自梅特林克的同名戏剧作品，以充满神秘气氛和人类感情纠葛的戏曲为蓝本，用微妙的感觉和法国艺术的洗练手法写成，是20世纪最重要的法国歌剧。剧中不使用咏叹调，而是以诗和音乐一气呵成自然抑扬的朗唱风格，是德彪西惟一的歌剧杰作。

因打猎而迷路的高罗，在泉水边遇见少女梅丽桑德。梅丽桑德只说她从很远的地方逃来，高罗陪着她找路走出森林。经过一段时日，高罗的异父同母弟弟佩利亚斯，收到哥哥请求祖父与母亲允许他和梅丽桑德结婚的书信，母亲珍妮薇在这时候为失明的祖父——老国王阿凯尔唱出《书信之歌》。佩利亚斯说他要去探访一位病危的朋友，老国王劝他等到高罗回来后再出发，珍妮薇就叫佩利亚斯到灯塔去点灯，表示允许高罗的请求，欢迎他们回来。在城堡，珍妮薇安慰和她一起摘花而表情郁闷的梅丽桑德说，过不久你就会习惯这古城的阴沉气氛。这时候佩利亚斯出现，第一次与他见面的梅丽桑德，听到他明天要启程外出,心里充满不安。

　　佩利亚斯把梅丽桑德带到"盲者之泉"边,告诉她这泉水的由来,并追问她跟高罗认识到结婚的经过,梅丽桑德把话岔开,不由自主地玩起水来,不慎将结婚戒指遗落水中。佩利亚斯劝她要说出事实真相。同时高罗在打猎时从马背上摔下,被送回城堡,他安慰消沉的梅丽桑德,却发现她手上的戒指不见了。高罗听说戒指遗失后非常生气,严厉命令必须连夜找回来。梅丽桑德佯称是掉在海边岩洞,于是和佩利亚斯来到皓月当空的岩洞,梅丽桑德看到乞丐睡在岩洞里吓了一跳,佩利亚

1902年玛丽·嘉登在德彪西歌剧《佩利亚斯与梅丽桑德》中演出女主角梅丽桑德的造型,佩里埃(Jean Perier)饰演男主角佩利亚斯的造型。

斯告诉她这个国家正闹饥荒的事实后,两人便快步离去。

星光灿烂之夜。梅丽桑德在窗旁一边梳头,一边哼唱着歌谣。来告别的佩利亚斯出现在塔下,玩弄着梅丽桑德从窗口滑落的美丽秀发,而且顺手把它绑在柳枝上。突然间高罗出现,斥骂博莱斯的幼稚行为后把他带走。高罗把佩利亚斯带到地窖,让他看到飘散死亡臭味的浊水,佩利亚斯觉得不很舒服,催促高罗赶紧离开。到外面透气后,高罗趁机警告佩利亚斯,要他远离即将成为母亲的梅丽桑德。当夜,高罗询问前妻的儿子伊纽尔德,要他说出佩利亚斯与梅丽桑德在一起的情况,并把儿子架到肩上偷看梅丽桑德的房间,发现两人仍在一起,互相沉默注视着灯火。

佩利亚斯约梅丽桑德今晚在"盲者之泉"相见,因为生病的父亲告诉他有短命之相,要他赶紧远离此地。额头受伤,并拒绝让梅丽桑德擦药的高罗,出现在梅丽桑德与阿凯尔谈话的房间,愤怒拉扯梅丽桑德,被阿凯尔制止。伊纽尔德正在搬动大石头,想捡回掉落的皮球时,看到远处有一群羊沉默走过自己身边被送往屠宰场。在泉水边,佩利亚斯向梅丽桑德表白了隐藏已久的爱慕,两人紧紧相拥。关上花园大门,逼近他们两人的高罗,刺杀了佩利亚斯,并追逐梅丽桑德。

面对难产后濒临死亡的梅丽桑德,高罗非常自责,但仍追问她与佩利亚斯所犯的罪行,梅丽桑德加以否认,看着阿凯尔抱在怀里的孩子,气绝身亡。

《乡间骑士》

Cavalleria rusticana

这出歌剧因参加尚佐诺(Sonzogno)音乐出版社主办的独幕歌剧比赛荣获优胜，使默默无名的马斯康尼一举名闻世界。以写实派(Verismo)作家威尔嘉(Giovanni Verga, 1840—1921)的同名小说为题材，采用明快率直的热情音乐写成的此出歌剧，是写实派歌剧最早的成功作，同时也是其后此类歌剧大为流行的肇因。雷昂卡发洛的《丑角》就是在本剧刺激下的产物。这两出写实派歌剧的名作，经常以配对的方式轮番演出。

静谧的前奏曲中，从幕后传出乡村青年图里多演唱的《西西里舞曲》。这一天是复活节的早晨，村民们合唱着《橘子花正飘香》。众人离去后，乡村姑娘桑杜莎登场，她向图里多母亲露西亚询问图里多的去处。露西亚问说"怎么了？"这时候传来一阵响亮的挥鞭子的声音，马车夫阿尔菲奥跟他的伙伴登场，唱出强有力的咏叹调《英勇的神驹》。随后教堂传来"哈里路亚"的合唱声，复活节的庆典正在进行，桑杜莎也加入队伍形成壮丽的祈祷合唱。众人走入教堂后，桑杜莎上前对露西亚说，图里多以前的情人罗拉现在变成阿尔菲奥的妻子，图里多却仍抛弃她又回到罗拉身边，让她痛苦不堪。这就是著名的咏叹调《妈妈如您所知》。听完后，露西亚走进教堂为可怜的姑娘桑杜莎祈祷，留下桑杜莎一人。此时图里多登场，桑杜莎要求他与罗拉分手，图里多推辞不予理会。就在此时，罗拉一边唱着《剑兰的花朵啊》一边通过这里，场面一下子僵了下来。罗拉跟桑杜莎争吵一番后，一面讽刺着他们两人，一面径自走入教堂。桑杜莎哭诉着说"不要离开我"，图里多愤怒地喊道"不要缠我"，两人形成情绪激烈的二重唱。最后图里多推倒桑杜莎，尾随罗拉跑进教堂。桑杜莎绝望之余，诅咒嘶喊。就在这时候阿尔菲奥出现，桑杜莎忿恨地向他说明图里多与罗拉的关系。阿尔菲奥发誓一定要复仇，这时桑杜莎却悔恨刚才所说的话。

钟声响起，做完弥撒的人们从教堂走出来齐声唱出"回家之歌"。图里多挽住罗拉，与村民们一起前往露西亚的酒店。图里多高声唱出"干杯之歌"，罗拉也跟村民们一同喝下干杯之酒。不料阿尔菲奥在这时候出现，他推开图里多举出的酒杯，图里多回道"随你便"，村里的女人赶紧把惊慌失措的罗拉带走。这时图里多与阿尔菲奥互相敌视，图里多根据乡间骑士规则，上前咬了一下阿尔菲奥的耳朵，表示要求决斗。阿尔菲奥与众人先退到后院等待决斗，图里多则猛喝烈酒，向母亲露西亚请求，如果他不能回来请替他照顾桑杜莎，接着悲痛唱出咏叹调《再见，我的母亲》。图里多吻别母亲后，母亲伤心地目送着行为怪异的儿子。桑杜莎则跑来紧抱住露西亚。未几，后院里传来喧嚷的叫声："图里多被杀了！"桑杜莎与露西亚顿时昏倒在地。

《玫瑰骑士》

Der Rosenkavalier

理查·施特劳斯与霍夫曼斯塔尔(Hugo von Hofmannsthal，1874—1929)虽然以18世纪的维也纳为背景，想写出"莫扎特风格"的歌剧，但完成的歌剧，却洋溢出无比浓厚的独特美感，成为空前成功的作品。

音乐在清晨中回荡着愉悦的余音，元帅夫人还跟年轻的情夫奥克塔维安伯爵在床上缠绵。当他们想吃早上送来的巧克力时，突然传来一阵怪声，发现有人来到的奥克塔维安，立刻穿上女装打扮成侍女。结果进来的并非元帅，而是夫人的表兄奥克斯男爵。好色粗鲁的男爵，马上色眯眯盯住装扮成侍女自称是玛莉安德(Mariandel)的奥克塔维安。奥克斯说他将要和一位新兴贵族富豪范尼纳的女儿苏菲结婚，希望夫人为他物色一位可靠的玫瑰骑士，以便遵照习俗为他把订情的"银玫瑰"送给新娘。侯爵夫人建议说，奥克塔维安是最好的人选。随后元帅夫人开始梳妆，这时等候室里的公证人、宠物商等一一被叫进来，纷纷向夫人陈述各种问题。众人走后，单独一人的元帅夫人唱出充满回忆的《时光》，歌声十分沉重。不久后恢复男装的奥克塔维安前来安慰，但只增加了她的悲怆。奥克塔维安没有亲吻夫人便怅然离去，夫人发现后虽紧跟着追去，但已赶不上。

范尼纳家里正为了准备迎接玫瑰骑士而忙碌异常。苏菲想到即将要和素未谋面的男爵结婚，心里就扑通扑通直跳。不久后，盛装的奥克塔维安随着高亢的音乐登场。他一步步走近苏菲，亲手献上银玫瑰，两人瞬时含情脉脉互相注视。奥克斯男爵则鲁莽地冲了进来，一见到美丽的新娘立即嬉皮笑脸，对苏菲毛手毛脚起来，举止非常下流。苏菲十分厌恶地逃走，男爵一点也

声乐家安娜·贝尔于《玫瑰骑士》中演出的剧照。

不气馁,跟着范尼纳走到另一个房间,这时大厅里只剩下奥克塔维安与苏菲,一见倾心的两人,情不自禁相拥在一起,并唱出甜美的歌曲。这场面被男爵的手下发现,于是奥克塔维安开始与男爵决斗,男爵被刺伤手臂后,夸张地大叫。奥克塔维安离去后,范尼纳责备女儿,要她一定要嫁给男爵。男爵喝了一口酒后才恢复平常活力,这时有人递给他一封玛莉安德约他明晚见面的信,男爵获悉精神为之一振,一个人陶醉地唱起圆舞曲之歌。

惩罚男爵的计划,一切准备就绪。挽着玛莉安德来到的男爵,很快就露出风流的本性,装扮成玛莉安德的奥克塔维安也装得羞答答的。但四周却不停发出怪声,正当两人要开始亲热的时候,男爵突然发现这女子有异,吓得惊慌失措。这时一位穿着丧服的妇女带着一群孩子出现,一口咬定男爵是她的丈夫。男爵叫来警察,反被咬了一口。这时范尼纳与苏菲赶到现场,男爵百口莫辩,这时奥克塔维安适时解开玛莉安德的装扮,男爵这才发现原来这是一场计谋。随后赶来的元帅夫人,认为男爵的丑闻不可外扬,要大家先行离去,舞台只剩下奥克塔维安、元帅夫人与苏菲三人。奥克塔维安夹在两个女人之间不知所措。三个人分别以优美的歌声唱出不同的心情。元帅夫人经过一番挣扎后,终于把奥克塔维安带到苏菲身旁,独自悄然离去。奥克塔维安与苏菲相拥唱出爱的二重唱,手牵手离开此地。

《莎乐美》
Salome

　　《莎乐美》是理查·施特劳斯最早的成名作。音乐十分大胆而张力十足。王尔德(Oscar Wilde)所作的剧本因违反道德,在各地被禁演,甚至发生了许多丑闻,但立即被歌剧的魅力所推翻。王尔德戏曲中的感性在歌剧化后更被扩大。

　　公元30年左右的耶路撒冷,罗马直辖的希律王宫殿。卫兵队长纳拉博斯出神地望着宴席上的莎乐美公主,唱出"今晚的莎乐美多么美丽"。侍童们担心他的举止过分唐突,影响气氛,一直劝他不要老是望着莎乐美。另一方面,士兵们也不断地在背后议论今晚所举行的宴会。这时被关在地下古井中的先知约翰,突然传来声音说"救世主即将来临"。士兵们说,约翰是在沙漠里拥有许多门徒的圣人。

　　犹太公主莎乐美是皇后希罗狄亚丝的女儿,父亲原是希律王的哥哥,后来因希律王垂涎哥哥的妻子希罗狄亚丝,于是杀害哥哥将希罗狄亚丝占为己有。莎乐美因讨厌国王一直暧昧地凝视她,于是逃到露台透气,当她赞叹冷淡的月光时,古井中再度传来约翰的声音。充满好奇心的莎乐美,命令士兵打开古井盖子,士兵们不敢违反国王禁令,坚持不肯打开来,于是公主假意向卫兵队长纳拉博斯献殷勤,要他打开盖子。纳拉博斯经不起莎乐美的诱惑,终于从地牢中带出约翰。

奥斯卡·威尔德为
《莎乐美》所设计
的场景草图。

　　约翰出来后,看也不看莎乐美一眼,嘴里不断地谴责希律
王的罪行,莎乐美完全拜倒在他的英姿下,一直向约翰献媚,
却被约翰严厉喝止。纳拉博斯看到这情景无比绝望,忍不住自
杀身亡。莎乐美却无动于衷,依然逼近被她惊为天人的约翰身
边,要求与他亲吻,约翰不仅躲避她,还严厉诅咒莎乐美,之后
自己走入古井之中。

这时希律王匆忙出现，后面跟着妻子希罗狄亚丝与朝臣们。为了找寻莎乐美，国王不小心踩到纳拉博斯的血，突然感到一种凶兆，他命令莎乐美到他身边，莎乐美不予理睬，这时古井中又传来约翰的声音，谴责希律王的所作所为。由于关着的约翰是先知，国王为掩饰不安的情绪，要求莎乐美为他跳舞。但莎乐美依旧没有反应，国王不得已地表示，"只要你跳舞，就是一半国土或任何东西我都赏给你"。莎乐美这才缓缓起舞，逐渐跳起狐媚的《七纱之舞》。舞蹈中，莎乐美逐一脱掉身上层层的薄纱，最后在狂热的音乐中脱得精光。看得兴奋的希律王，询问莎乐美想要什么，莎乐美回说"约翰的头颅"。希律王大吃一惊，劝她千万不可，但莎乐美无动于衷，坚持要约翰的人头。希律王无可奈何，下令刽子手到古井去。不久传出人头落地的声音。约翰的头颅放在银盘上被端了出来。莎乐美狂喜地接过头颅，陶醉地唱起冗长的独白，然后抱住头颅亲吻，满足了她的欲望。希律王见状盛怒，一边转身一边下令"把那女人杀了"，士兵们蜂拥而上，用盾牌压住莎乐美，把她杀了。

《厄勒克特拉》
Elektra

这是理查·施特劳斯与奥地利大作家霍夫曼斯塔尔首度合作的歌剧作品。根据莎佛（Sophocles）的《厄勒克特拉》写成。

壮阔的管弦乐及经常出现的不协调和弦，把《莎乐美》世界里施特劳斯继承自瓦格纳的表现力再加以扩大，在此作品中达到极限。

婢女们一边汲水，一边议论有关厄勒克特拉的怪异行径。厄勒克特拉是希腊迈锡尼王阿伽门农（Agamemnon）与皇后克吕泰涅斯特拉所生的女儿。自从父王被母亲与她的情夫埃癸斯托斯谋杀以后，厄勒克特拉便过着野猫般的生活，变成不容易接近的人。厄勒克特拉收拾简陋衣物从家里逃走，独自过活，她一边思念父亲，一边立誓无论如何要为父亲报仇。厄勒克特拉发誓要血债血还，梦想着复仇成功后的喜悦。这时妹妹克律索忒弥斯悄悄来到，告诉她说母亲与埃癸斯托斯准备将她们姐妹俩关起来，为了避免无妄之灾，她规劝姐姐赶快打消复仇念头，要她忘掉过去，过着和平的生活。倔强的厄勒克特拉与温柔的克律索忒弥斯两人性格迥异，可见一斑。

这时皇宫传来一阵嘈杂的声音，皇后克吕泰涅斯特拉带领朝臣、侍女们以及一列向神明祭献牺牲兽的队伍出现。克吕泰涅斯特拉虽然穿着华丽，但因经常做噩梦，身体衰弱而脸色苍白。她掩不住焦躁的情绪，把心里一切的苦恼全部倾诉出来。母亲知道女儿厄勒克特拉懂得解梦祛除焦躁的方法，于是央求女儿为她解除痛苦。但厄勒克特拉毫无解救母亲的意愿，不久即演变成互相憎恨。互相破口大骂。厄勒克特拉还当着母亲的面唱出复仇之歌。这时克律索忒弥斯惊慌跑来，告诉母亲和

《厄勒克特拉》于1922年演出时的设计草图。

姐姐有一位陌生人在城外发现了弟弟俄瑞斯忒斯的尸体。厄勒克特拉非常沮丧,她说既然弟弟已死,那就由我们姊妹俩来执行复仇计划吧。厄勒克特拉心意已决,妹妹克律索忒弥斯却害怕不敢答应,掉头逃走了。厄勒克特拉只好一个人行动,开始在城门口附近挖掘谋杀父亲的斧头凶器。

这时悄悄来了一位陌生男子,厄勒克特拉犹豫一会竟发现这男子就是自己的弟弟俄瑞斯忒斯。厄勒克特拉十分惊讶并高兴。两人开始商议如何复仇,姐弟俩的谈话越来越热切,复仇的决心也更加强烈。厄勒克特拉完全沉浸在欢喜之中。

这时养育俄瑞斯忒斯的老人出现了。皇宫里走出来一位仆人,带领俄瑞斯忒斯进入皇宫。厄勒克特拉一人留在外头。不久后,宫中传出克吕泰涅斯特拉悲惨的叫声。

这时埃癸斯托斯,也跟在克律索忒弥斯与侍友们的后头出现。知道复仇即将成功的厄勒克特拉十分高兴,她机警地将埃癸斯托斯引到门口,并在埃癸斯托斯一踏进门后,立即杀死他,众人也合力消灭埃癸斯托斯的爪牙。这时厄勒克特拉完全沉醉在喜悦之中,一边开始跳起狂野的舞蹈,最后也不支倒地发疯而死。这时克律索忒弥斯向皇宫内呼喊俄瑞斯忒斯的名字,但却一无回音。

《纳克索斯的阿里阿德涅》
Ariadne auf Naxos

　　这是一出取材自莫里哀（Moliere）《平民贵族》中的戏中戏，1912年10月虽在斯图加特举行首演，但反响并不热烈。后来由理查·施特劳斯与霍夫曼斯塔尔从《平民贵族》中另外创作了一个独立的序幕，才变成今日上演的"附序幕的独幕歌剧"。本剧交错着严肃与滑稽的气氛，崭露出独特的创意。

　　维也纳某富豪的客厅中正为了歌剧上演而忙碌着。一群人在架好的舞台后方走来走去。这时管家告诉音乐教师说，在歌剧之后还要表演舞星策尔比内塔的舞蹈。由于是主人的命令，教师虽困惑却也无可奈何。这时作曲家匆忙跑来寻找小提琴手与首席女主角，但大家各忙各的没人理他。作曲家虽然为找不到对手练习而苦恼着，但一想到自己的歌剧作品即将上演就高兴起来。不过当他听到歌剧之后还要上演闹剧则大为惊讶。一旁的音乐教师与舞蹈家也开始争吵起来，这时候管家再度出现，宣布歌剧与舞蹈要一起表演。大家听了目瞪口呆，由于不延长演出时间，策尔比内塔很快与伙伴盘算如何精简演出。策尔比内塔以温柔甜美的歌声，迷住失望想要离开的作曲家。在其甜言蜜语下，作曲家终于答应做若干修改，来保住自己神圣的艺术。但一看到舞台已经有几个小丑舞者准备就绪时，知道受骗的作曲家已无力挽回，歌剧的幕帘已经拉起。

路德维希·西瓦特为《纳克索斯的阿里阿德涅》所绘制的人物造型。

那出歌剧的背景是希腊的孤岛，孤岛上可以看到阿里阿德涅一个人哀伤的样子。她的身边围绕着三个仙子，窥视她的动静。三位仙子悲叹着唱出阿里阿德涅被丈夫忒修斯遗弃，一个人留在孤岛上的命运，阿里阿德涅因这个歌声从睡梦中醒来。她看破自己悲惨的命运，憧憬着死亡，呈现出一种沉静，充满感伤气氛的庄歌剧世界。这时小丑哈雷金、杜鲁华丁、布里杰拉，以及策尔比内塔等人一起登场，商讨着如何使阿里阿德涅开朗起来。展开一场歌舞表演，但始终没有发生效用。阿里阿德涅只是唱着冗长的悲叹之歌，这个歌曲也是独白的乐曲。四位小丑再度出现，一边唱出活泼的四重唱一边舞蹈，策尔比内塔也加入演出。未料，这次阿里阿德涅掉头就走入洞窟。独自留下的策尔比内塔，唱出女人善变的心。这是一首技巧非常高超，高难度的大歌曲。小丑们出现后，纷纷向策尔比内塔表示爱意。表现最好的是哈雷金。当策尔比内塔与哈雷金卿卿我我的时候，其余三人只好发着牢骚走了。这时号角声响起，仙子们匆忙跑进来，世界突然产生巨大变化，酒神即将降临孤岛。仙子们展开三重唱，阿里阿德涅也从洞窟里走了出来。酒神就在气氛高涨的乐声当中现身。他是为了逃离魔女姬儿克的法术，来到纳克索斯岛。他一眼就看上这孤岛的女人，但阿里阿德涅却以为酒神是死神，而酒神也怀疑维莉安奈是魔女。但他们两人的二重唱逐渐甜美起来，酒神表明自己是神之子，抱住阿里阿德涅亲吻后，阿里阿德涅突然忘记一切忧伤，两人互托终身，结束了整出歌剧。

《无影子的女人》
Die Frau ohne Schatten

这是一出童话歌剧，很容易联想起莫扎特的《魔笛》，但霍夫曼斯塔尔却在剧中添加了许多复杂且象征性高的内容。因此理查·施特劳斯花了比平常更多的时间来作曲。完成了此出绵密的歌剧。童话的单纯性虽被牺牲了，但高密度的象征性迷宫却因此而生。本剧的基本架构以"家族"为主轴。

这是一个虚构的岛国故事。象征灵界之王凯克巴德（Keikobad）的音乐出现后，灵界使者从黑暗中出现。歌剧中未上场的灵界之王都是以背景音乐来表示。使者询问奶妈，皇后是否已经有了影子。奶妈回说"皇后还没有影子"，使者即宣布说，如果三日后皇后依然没有影子，皇帝就会变成石头。使者走后，奶妈开始说出一段故事。皇后原是灵界之王凯克巴德的女儿，有一次在她变成一只羚羊的时候，刚好被打猎经过的皇帝逮住，不久后皇帝就爱上她，封她为后。但按照惯例，与灵界的女人结婚，过了一年没有生子，她的男人就会变成石头。三日之后就是期限。讲述故事的奶妈，自己也是灵界的女人。皇后走出来知道皇帝的命运后，一心想要获得影子，便走向人类的世界。

皇后与奶妈穿上破烂衣服，出现在染布工巴拉克家里。正巧巴拉克正与妻子争吵，因为妻子不愿为他生子。奶妈立即施法术，在巴拉克妻子面前变出一间豪华的住宅与一位英俊的青年，想使她离弃丈夫，收买她的影子。为了达成任务，还需要等待三天。皇后与奶妈只好打扮成婢女住进巴拉克家里。巴拉克的妻子因决定不生孩子，良心受到苛责，冥冥中听到"未出生孩子的声音"。

巴拉克的妻子正为了背叛丈夫而烦恼。皇后见状心里也开始动摇。另一方面,皇帝在打猎途中,由老鹰引导进入山中的石屋。在染布工家里,奶妈要巴拉克的妻子入睡,并唤来英俊的青年,却仍然得不到影子。这时候,为猎鹰而走入森林的皇帝,获悉皇后与奶妈为了求得影子走入人间,感到十分悲伤。第三日终于到来,乌云密布,雷电交加,中了奶妈法术的巴拉克的妻子,向丈夫吐露自己的不贞,出卖了自己的影子。巴拉克非常愤怒举起剑来,妻子这时才感受到丈夫的爱。如今可以得到影子的皇后现在也不想要了。这时地面突然裂开,巴拉克与妻子掉落消失,被奶妈带走了。

巴拉克和他的妻子,两人隔着一道墙不能相见,但真正相爱的两人依然隔墙唱出优美的二重唱。与奶妈一起出现的皇后,向父亲凯克巴德倾诉,希望住在有爱情的人世间后,突然涌出黄金之泉。宫殿警卫说,喝了此泉水即可获得巴拉克妻子的影子,并解救皇帝,不然皇帝即将变成石头。皇后听到巴拉克与其妻子的哀叹,不肯喝下泉水。皇帝果然变成石头,皇后见状悲痛惨叫。宫殿警卫再度劝皇后喝下泉水,皇后依然大叫"不喝",黄金之泉突然消失,一切恢复平静。其后音乐逐渐高涨,周围光明起来,皇帝坐在宝座上,起身紧紧抱住皇后,在优美的二重唱中,也响出未出生孩子们的歌声。这时巴拉克和他的妻子,也陶醉在重逢的喜悦之中。歌剧就在他们的四重唱与儿童的合唱声中,宣告幸福的结局。

《阿拉贝拉》
Arabella

　　这是另一出《玫瑰骑士》的翻版。以19世纪后叶的维也纳为背景。《阿拉贝拉》成为人们回忆美丽过去、透露未来希望的歌剧，也是理查·施特劳斯与霍夫曼斯塔尔合作的最后一出歌剧。

　　华德纳伯爵与妻子阿德莱德，还有两位女儿一起住在维也纳旅馆。阿德莱德请来算命女郎占卜未来。原来这位伯爵生活奢华，赌博输掉了财产，明天即将被赶出旅馆。妹妹泽丹卡一直被当做男孩子养育长大，因为家里没有足够的钱送她到社交界里见世面，如今只有依靠姐姐阿拉贝拉，看她是否能够嫁个金龟婿。今天晚上，必须决定阿拉贝拉的结婚对象。算命女郎说，有一位从远方赶来的军官，会与阿拉贝拉结婚。阿德莱德为了详细询问，把算命女郎请入另一个房间后，有人送来清款单缠着泽丹卡。这时候军官马提欧刚好进来，询问阿拉贝拉的事。泽丹卡喜欢马提欧，但把她看成男孩的马提欧，心里所爱的却是阿拉贝拉。温柔的泽丹卡依然欺骗马提欧说，阿拉贝拉深爱着他。马提欧回去后，美丽温柔的姑娘阿拉贝拉出场，唱出心里向往从未谋面的白马王子。突然她看到外面有一位军官，不禁被他吸引住。这位军官就是曼德莱卡。阿拉贝拉与另一位求婚者艾列马(Elemer)出去后,曼德莱卡来到华德纳夫妇的住处拜访。伯爵曾写信给昔日的朋友,曼德莱卡就是这位老友的儿子,他因为看上附在信里的阿拉贝拉肖像,特地从远方前来求婚。获悉曼德莱卡拥有万贯家产的伯爵,马上邀他在舞会见面。阿拉贝拉回来后,也唱出"比起艾列马,我更喜欢现在看到的男子"。

会场上正热闹举行骑士舞会,走下台阶的阿拉贝拉刚好碰上曼德莱卡,两人一见如故,互生爱意,优美地唱出永不变心的爱情誓言。这时骑士舞会的女星出现,极力称赞阿拉贝拉的美丽。求婚者们纷纷向她邀舞,都被婉拒。但即将结婚的阿拉贝拉,最后还是与大家一同跳起圆舞曲。其间泽丹卡看到绝望的马提欧,想要安慰他,就说这是阿拉贝拉房间的钥匙,然后把自己房间的钥匙交给他。看到这情景的曼德莱卡很生气,便与骑士舞会的女星一起跳舞。华德纳夫妇发觉气氛不对,很快把阿拉贝拉赶回旅馆。

马提欧从房间走出来,却碰到刚刚才和自己相爱的阿拉贝拉而大吃一惊。他不相信阿拉贝拉才刚刚回来。原来他不知道,刚才在暗房里与自己相爱的是泽丹卡。这时华德纳夫妇与曼德莱卡一起来到,曼德莱卡看到他们两人在一起十分绝望,出言责备阿拉贝拉。意外被冤枉的阿拉贝拉,悲叹为何连曼德莱卡也不相信自己,瞬时陷入悲伤情境。这时泽丹卡穿着女装出现,说出一切真相后,曼德莱卡为自己的疑心感到羞愧,阿拉贝拉则被妹妹高尚的性格所感动。真相大白后,马提欧真心爱上泽丹卡。当大家离开后,只剩下两人时,阿拉贝拉请求曼德莱卡取一杯水来,然后一个人走入房间。曼德莱卡就叫仆人去舀水。按照曼德莱卡家乡的风俗,订婚者必须献给新娘一杯水。从房间出来的阿拉贝拉,喝完后把杯子摔破,表明两人从此永远相爱,歌剧就在爱与信任的歌声中落幕。

《阿丽安娜》
Adriana Lecouvreur

以18世纪实际存在的法国女演员阿丽安娜为女主角的同名戏曲，是法国国立剧院（Comedie Francaise）著名女星莎拉·贝纳尔的代表作。而将它歌剧化的，就是齐雷亚的这个作品。本剧音乐十分优美抒情，也是齐雷亚的代表作。现在最常上演的版本，是后来改订的第三版。

第一幕　巴黎的法国国立剧院

阿丽安娜是此剧院的台柱，但为人非常谦虚（咏叹调《我只是造物主的卑微侍女》）。刚刚上了年纪的舞台监督米修内，暗地里喜欢上她，但知道她的心向毛利齐欧后，尝到了凄凉滋味。毛利齐欧原是萨克森的伯爵，但阿丽安娜并不知情，以为他只是伯爵的部下（旗手）。这一天，好久不见的毛利齐欧来到后台找她，两人热情相拥，唱起抒情调《温柔可爱的微笑》与二重唱。另一方面，潇洒风流的布伊雍公爵，偷看到情妇杜克萝（Duclos）写给毛利齐欧的信，知道他们今晚十一点将在自己的别墅幽会时，非常生气，就计划在同一时间同一地点举行晚宴,企图干扰他们并暗自窃喜。但事实上,杜克萝的信是为毛利齐欧与布伊雍公爵夫人的约会而写。

第二幕　布伊雍公爵的别墅中庭

等待毛利齐欧到来的公爵夫人,唱出满怀热烈情欲的咏叹调《痛苦的欢乐,甜美的悲伤》。公爵夫人曾答应毛利齐欧的请求,要在法国为寻求萨克森的援助而奔走,只要夫人对他有爱。可是如今出现的他,却说为了逃避刺客追击必须远走他方,夫人听了立即领悟他已移情别恋,而妒火焚身。就在这时候,公爵的马车逼近,夫人慌张地躲在庭院小屋,毛利齐欧把门紧紧关上。受公爵招待而来的阿丽安娜,被介绍与毛利齐欧认识,并得知其真正身份后吃了一惊,但两人的爱情丝毫没有改变。这时候,毛利齐欧告诉阿丽安娜说,躲在小屋子里的女人并非是公爵所谣传的杜克萝,而是关系祖国未来的重要人物,要她无论如何协助她逃走。在黑暗的小屋中,两位女人因交谈而互相明白对方是情敌,在争吵中,阿丽安娜发现对方的出身后,感到十分气愤。

第三幕　布伊雍公爵官邸的大厅

辛苦逃走的公爵夫人,一面想着情敌的声音,而在布伊雍公爵官邸的晚宴上看到阿丽安娜,一听其声音马上领悟。两位女人之间,立即充满火药味的言辞与敌视的眼神。看到毛利齐欧与公爵夫人密商萨克森援助事件的模样后, 阿丽安娜立即以锐利的声调演出拉辛(Racine)的《贺德尔》(*Phedre*)台词,以此指桑骂槐讽刺夫人,毛利齐欧只是苦笑一下就离去,夫人则气得怒目相视。

第四幕　阿丽安娜家的一室

公爵夫人为了报仇,把掺入毒药的枯花假装是毛利齐欧所赠,送到阿丽安娜手中。阿丽安娜看到原是她送给毛利齐欧的这朵花时,不禁悲从中来唱出咏叹调《可怜的花》,她亲吻了花一下,将它丢入壁炉。随后,仍爱着阿丽安娜的米修内带着毛利齐欧赶来。毛利齐欧流露真情,感动了阿丽安娜(二重唱),但为时已晚,阿丽安娜已经毒发,躺在米修内与毛利齐欧的怀里气绝身亡。

乔达诺 （1867—1948）

Giordano, Umberto

《安德烈·谢尼耶》
Andrea Chenier

　　这是以法国大革命时期一位真实诗人为题材写成的作品。本剧虽是乔达诺第四出的歌剧，却成为他的代表作。剧中除使用若干法国的革命歌曲外，全剧的音乐也巧妙地描绘出人心骚动的巴黎气氛，而且更彩绘出19世纪末写实派歌剧慷慨激昂的乐风，其厚重的管弦乐音响也是特色之一。

　　伯爵家的仆人杰拉尔，最近一直批评贵族的生活太过奢侈。今天伯爵家里，依然如期举行盛大晚会。贵宾中有一位名叫安德烈·谢尼耶的诗人。他遭到伯爵千金玛琳娜的调侃，愤而唱出爱的诗歌，诗歌中充满了对爱情与思想自由的敬意，深深打动了伯爵千金，以及在角落聆赏的杰拉尔。过不久，杰拉尔带着一群贫民闯了进来，昂首站在责备他的伯爵夫人面前，当场脱掉身上的仆人制服，扔在地上，誓言不再接受这种对待。

　　谢尼耶因批评革命权贵的激烈争斗而受到密探监视，但他心里却对最近常写信给他的一位不知名女性充满爱意。在群众远离的黄昏街头,谢尼耶准备和这位女性秘密见面。果然这位女性就是玛琳娜。家道中落不得已过着悲惨生活的玛琳娜,表白自那一夜晚会就爱上了他,谢尼耶被她的告白感动。这时候受到密探通知的杰拉尔也赶到现场。如今已变成革命中坚领导人物的杰拉尔,原来还想念着玛琳娜,一直四处打听她的下落。经过一番决斗之后,被打败的杰拉尔才发现对手竟是那天晚会上让他十分尊敬的诗人谢尼耶。他强忍着疼痛的伤口,很快地告诉谢尼耶目前正身处险境,劝他们两人赶快逃走。担心杰拉尔身体的群众走了过来,纷纷问说:"犯人呢?"杰拉尔回答他们:"那是陌生人。"

不久后,谢尼耶因帮助反对人士逃亡之罪被捕。杰拉尔负

《安德列·谢尼耶》的场景草图。

责撰写起诉书，心里却一直交错着对情敌的嫉妒与决斗败北之恨，以及对祖国的理想和对谢尼耶的敬意，他唱出了《祖国之敌》。当他在起诉书上签名后，玛琳娜出现。哀求他救谢尼耶一命。然后凄凉唱出"自母亲死后"。杰拉尔虽为她坚强的爱所感动，但为时已晚，革命法庭的审判已经开始。在法庭上，谢尼耶堂堂唱出《我是士兵》，主张自己热爱祖国，没有理由被视为叛国者，杰拉尔念头一转也开始为他辩护，但被群众的怒吼声打断。谢尼耶立即被宣判死刑，后悔的杰拉尔呆若木鸡，玛琳娜绝望地哭倒在地。

在狱中，谢尼耶唱出辞世之歌《宛如五月晴朗的日子》。外头传来革命党员哼唱的《马赛曲》。玛琳娜在杰拉尔的带领下来到狱中，她自称是另一名女囚犯的替身，决心与谢尼耶一起共赴黄泉。杰拉尔流下感动的泪水，准备再向罗贝斯耶尔请命，匆忙跑了出去，但一去就毫无音信。谢尼耶与玛琳娜相拥唱出"我们的死就是爱的胜利"，以热情的二重唱持续歌颂永恒的爱。不久后旭日东升，行刑的早晨到来。两人乘着押送死囚的马车，一边喊道"死是荣耀的"，一边走向永恒的世界。

《风流寡妇》

Die lustige Witwe(The merry widow)

这是根据梅伊亚克（Henri Meilhac）的戏曲《大使馆随员》（*L'attache d'ambassade*）写成的作品。为一洋溢优雅愉快音乐的歌剧名作。

大使杰塔男爵正为一件事情伤透脑筋，那就是同住巴黎的富豪遗孀韩娜的再婚问题。韩娜拥有巨额财产，富可左右该国经济，杰塔无论如何必须防止这笔资金外流。他心里盘算，如果能让曾经是韩娜情人的丹尼罗伯爵跟她结婚，事情就圆满了。可是现任书记官丹尼罗却天天花天酒地，在巴黎的马克西姆（Maxim）酒吧与女人鬼混。当晚大使馆举行舞会，丹尼罗在大使命令下不得不出席，当他碰见韩娜时，两人又开始指责对方的不是，互不相让。然而两人内心都知道至今他们仍然相爱，韩娜自己难以启齿，丹尼罗则生怕人们误会他是觊觎韩娜的财产，但当巴黎的许多英俊男士纷纷向韩娜邀舞时，丹尼罗心里也跟着焦躁起来。幸运的是，韩娜终于选择丹尼罗为自己的舞伴，丹尼罗起身赶走所有的男士，与她携手共舞起来。

在一场东欧色彩浓厚的舞蹈之后，韩娜为满座的客人献唱一首故乡的民谣《微莉亚之歌》。不久后丹尼罗也来到现场，韩娜要他说出真心话。丹尼罗因自尊心作祟不敢面对问题，两人又开始互相争执起来（《傻里傻气的骑士们》）。接着丹尼罗便加入男士行列，同声唱出《如何对付女人》（此曲可谓是今日歌舞剧先驱的愉快乐曲）。其后，再度只剩下丹尼罗与韩娜两人，他们有点原谅对方，开始跳起著名的圆舞曲，但并无进一步的发展。

另一方面，从故事一开始，杰塔男爵夫人瓦兰仙尼，就被巴黎的花花公子卡密尔紧追不舍。她把写着"我是良家妇女"的扇子交给卡密尔，但卡密尔不予理会，不断以甜言蜜语引诱她，两人最后消失在花园的亭屋里。

不知情的男爵，津津有味地从钥匙孔里偷看这对情侣，赫然发现原来那是自己的妻子与卡密尔后，愤怒地打开房门。但跟卡密尔一起走出来的，居然是韩娜。原来韩娜早在后门与瓦兰仙尼交换，解救了男爵夫人的危机。获悉此事的丹尼罗，深受打击，开始以缓慢优美的旋律，唱出古代王子和公主的故事，暗地里向韩娜吐露真情。韩娜知道丹尼罗的真情后，心里十分高兴。

韩娜出点子把室内布置成丹尼罗常去的"马克西姆酒吧"。在此展开华丽的康康舞曲作为余兴节目。大使告诉丹尼罗说，如果韩娜跟外国人结婚，国库必定破产。接到此一训令的丹尼罗，决心阻止韩娜与卡密尔结婚。早已看穿丹尼罗内心的韩娜，随后跟丹尼罗双双唱起著名的圆舞曲《双唇虽然缄默，但小提琴在低诉》。不久后，韩娜宣布说"根据亡夫的遗言我将失去所有财产"。丹尼罗一听大喜，心想再无觊觎财产的顾虑，立即超前正式向她求婚。韩娜接着又说"但一切遗产悉数归我的新丈夫所有"。在这同时，大使也发现妻子瓦兰仙尼写着"我是良家妇女"的扇子。顿时吃下安心丸，饶恕了妻子。如今一切圆满，大家一同唱出活泼的合唱，结束此一著名的轻歌剧。

勋伯格 (1874—1951)

Schönberg, Arnold

《摩西与亚伦》
Moses und Aron

　　勋伯格一生共写有四出歌剧，分别是《期待》、《幸福之手》、《今天至明天》以及这出《摩西与亚伦》。犹太血统的他受到纳粹的欺压，于1933年移居美国，没有把作品写完。

　　此出《摩西与亚伦》，除取材自《旧约全书·出埃及记》外，也加入勋伯格自己的创作，是一出非常壮观的歌剧作品。具有十二音技法写成的音乐，复杂精致而多彩。

　　上帝召唤摩西，命令他救出以色列人民。然后告诉有思想但没有口才的摩西说，我会指定口才良好的亚伦当你的代言人。在荒野中，摩西与亚伦相会。在这对兄弟的对话中，很快就表现出本剧的中心课题，也就是两人对立的想法。摩西是最能领悟看不见的神体形而上的思想家，亚伦则是坚持必须让民众看到神迹的现实家。在法老王的暴政下受苦的民众，听到亚伦带回来神的新旨意后，在不安的悸动中仍洋溢着极大的期待。他们异口同声地问两人说，"你要叫我们崇拜的神是谁？他在哪里？"亚伦借用摩西的思考模式回说，只有正直的人看得到神,怀疑的人是永远见不到的。民众们继续激烈地反驳着这样的说法,摩西很快就感受到说服民众的困难。这时候亚伦实在无法忍耐,就以身作则拿起摩西的拐杖丢到地上,瞬时拐杖变成一条蛇,这时民众完全相信了神迹,赞叹说:"亚伦的神力是多么伟大啊;他是摩西的仆人,而如果摩西是神的仆人,那么神的力量是多么强大!"接着,摩西以手治愈了麻风病人,并使尼罗河的水变成鲜血,民众的惊讶此时到达顶点。亚伦趁机应用他的口才说服民众,率领所有的人逃离埃及,往应许之地而去。

在西奈山下。自摩西上山祈求神的启示后,如今已经过了40天。等待消息的民众焦急不安,开始不信任摩西,纷纷大声喊叫把神还给他们,长老与亚伦无法制止呐喊的民众,亚伦只好允许他们崇拜昔日多神的偶像。民众们筑起金牛祭坛,宰杀牲畜举行牲祭大典。在逐渐升高的气氛中,民众开始汲酒狂饮,到处喧哗。不久后,出现四个全裸的少女,在舞蹈的陶醉中走上祭坛,被祭司们拥抱后,果然在恍惚中被刺杀身亡。看到这情景的民众更加失控纵情,有的焚身自杀,有的从峭岩跳下,有的淫荡乱交,恐怖的情景随着强烈的音乐一幕幕展开。正当大家疯狂不停的时候,摩西下山来到,见状一怒打破了金牛像,并以凶暴的语气诘问亚伦,亚伦则反驳说,真正爱民众只有用具体的偶像安抚他们,这是不得已的方法。在争论中,言辞上斗不过亚伦的摩西,一气之下把从山上带回的十诫石板摔成碎片。这时他眼见民众们跟在火柱像后面走向应许之地,突然感觉自己丧失能力,无力挽回民众,悲痛唱出"语言啊,我所欠缺的就是语言",就昏厥倒地。

亚伦的行为被论罪受刑,但仍与摩西争论不休。摩西循循善诱,滔滔不绝规劝亚伦回心转意。不久他解开了亚伦身上的锁链,但亚伦已气断身亡。最后摩西高声向以色列子民宣说预言:"我们将与神结为一体。"结束了此出歌剧。

拉威尔 （1875—1937）

《西班牙时刻》
L'heure espagnolo

　　这是以法兰·诺安的木偶滑稽剧为蓝本写成，是一出充满幽默幻想的珍贵歌剧。通俗易懂的音乐性会话，故意造作交错的抒情风味，以及古怪有趣的声音气氛等，都是用西班牙音乐中绘画性的节奏处理而成，是一出洋溢崭新理念的音乐杰作，但一直到三年后才举行首演。剧中尤以时钟的声音来串场，扮演重要的任务。

　　18世纪西班牙古都托莱多的钟表店里，摆着各式各样的机械玩偶与音乐盒，各种大小不等的时钟纷纷发出各式各样的钟摆声与滴答声，店老板托克马达正在工作，这时邮差兼驴夫的拉密罗来到，请他修理一个重要的时钟。这时年轻貌美的老板娘康赛浦香从里头走出来，催促丈夫说"今天是星期四，是你到市公所调整时钟的日子"，并要求丈夫把店里的一个落地钟撤到卧房。托克马达一边回答说，这时钟太重搬不动，一边向拉密罗说"我马上回来"后就走了。轻蔑地目送丈夫出去的康赛浦香，惟恐站在店门前的拉密罗破坏自己宝贵的幽会时间,于是拜托他把落地钟搬到二楼的卧房,忠厚老实的拉密罗立即答应,开始扛起时钟走上二楼。这时候,诗人情人龚沙尔夫唱着甜美华丽的歌曲来到,并与康赛浦香相拥在一起。康赛浦香焦虑不安,但龚沙尔夫毫不在乎,嘴里不断诉说着花言巧语。等拉密罗下楼之后,康赛浦香表示抱歉,说她要搬的是另一个落地钟,请求他换回来,拉密罗欣然答应,在他走回二楼之前,康赛浦香把龚沙尔夫藏在落地钟里。

这时银行家唐·伊尼果登场。他厚着脸皮说"让托克马达每星期四到市公所工作,是我跟康赛浦香两人的计划"。惟恐这些话让龚沙尔夫听到的康赛浦香,开始惊慌失措,但伊尼果却愈发热情,这时拉密罗扛着落地钟回来,轻易就扛起装入龚沙尔夫的另一个落地钟,康赛浦香佩服他的强壮与纯朴的性格,趁机跟在他后面走上去。伊尼果对康赛浦香的冷淡态度不以为意,还想吓一吓康赛浦香,把自己肥胖的身体硬塞进刚搬下来的落地钟里。拉密罗下楼后,一个人自言自语地说,美丽的老板娘才是最有魅力的女人,这时康赛浦香跑下来说,刚搬上去的时钟不会动,要他再把时钟换回来。拉密罗毫无怨言又上去二楼,这时伊尼果在落地钟中发出模仿布谷鸟的咕咕声,康赛浦香吓了一跳。拉密罗回来后,放下装入龚沙尔夫的时钟后,再轻松抬起装入伊尼果的时钟走去,康赛浦香对他魁梧的模样非常着迷。这时候康赛浦香要龚沙尔夫赶快离开,但在时钟里的龚沙尔夫却得意扬扬地唱出情歌纠缠她,康赛浦香不予理会径自走入后方。

回来的拉密罗陷入沉思，想了一下康赛浦香后，康赛浦香突然出现，在没有任何请托下，拉密罗又抬起时钟往楼上走去。正当康赛浦香吐露爱情游戏是空虚的时候,钟声响出丈夫回家的时刻。拉密罗扛着装入伊尼果的时钟回来,正想换装入龚沙尔夫的时钟时，被康赛浦香叫住，两人放下时钟不管，双双走上二楼。从市公所回来的托克马达，发现两位客人非常高兴,无话可说的两人只好装做要来买时钟。可是挤在落地钟里的伊尼果已经无法动弹，托克马达与龚沙尔夫奋力拉他也拉不出来。这时候脸色愉快的康赛浦香与拉密罗双双从二楼走下来,拉密罗趋前用一只手就拉出了伊尼果,一向是好好先生的托克马达竟向拉密罗言谢。托克马达发现妻子的房间还没有时钟，康赛浦香则说,拉密罗每天都像时钟那样准确地从窗下吆喝走过。最后大家以轮唱方式合唱出意大利作家薄伽丘的教训"在众多的情人中,只能选择一位有用的情人"后,落幕。

《顽童惊梦》
L' enfant et les sortileges

拉威尔的歌剧,只有《西班牙时刻》与《顽童惊梦》两出。本剧是根据巴黎歌剧院委托柯雷特夫人写作的《给我女儿的芭蕾》作曲完成的幻想式童话歌剧芭蕾,感受性丰富、色彩感优异的拉威尔,以成熟的高超技巧所写成的杰作。剧中巧妙使用了多彩音色的模拟性发声，以及流行尖端的爵士乐理念，制造出曼妙无比的效果。

　　妈妈为惩罚调皮捣蛋不用功的顽童，只将没加糖的红茶与没加奶油的面包放在桌上，把顽童关在房间后离去。顽童一时气愤摔破了茶壶与茶杯，用笔尖刺笼子里的松鼠，拉小猫的尾巴，拿出火钳子划破壁纸，然后更加发火，拔掉大时钟的钟摆，并撕破桌上的练习簿与课本。好不容易才发泄完毕的顽童，想坐在扶手椅上时，扶手椅却后退站了起来说："不让顽童坐"，然后与安乐椅一块跳起舞来。这时候其他家具也开始动起来，大时钟唱道："我要叮叮叫个不停，因为顽童拔掉我的钟摆"。英国制茶壶喋喋不休摆出拳击架势威胁着顽童，中国式茶杯也唱出滑稽的单字。不久后，夕阳西沉，孤单的顽童因害怕而走近暖炉，但炉中却射出火花，赶走调皮的顽童，并与随后出现的灰尘一起嬉戏，然后睡进灰衣之中。当黑暗侵入房间，顽童喃喃自语"我好害怕"的时候，传来笑声与悠扬纯朴的歌声，画在壁纸上的牧羊人们出现了。他们因为被顽童划破，一一出来道别，一边唱着悲叹之歌一边走过顽童前面。顽童后悔地放声大哭，这时从被撕破的课本里的一座山里跑出来一位公主，哀伤唱道："我是你初恋的情人，因为你把课本撕破，魔术师要将我打入死亡的睡眠中"，公主唱完后即被吸入地下。顽童试图从撕破的书页中找出故事的续集，但拼凑之后发现只是讨厌的课本。当他一脚踩住讨厌的课本时，突然出现一位小老人,不断提出各种数学课题困扰顽童,并被跳舞的数字们拉进狂舞之中。精疲力竭的顽童倒地之后,出现一只黑猫玩弄他的金发。不久又出现一只白猫,两只猫唱起了爱的二重唱。

第二场　照着月光的花园

　　墙壁突然消失,顽童追逐猫儿来到满月照射的花园。当顽童想靠在大树的树干时,大树立刻呻吟说:"昨天你割伤我的伤口还在流血呢。"这时一只到处寻找情人的蜻蜓飞来,停在墙壁的钉子上,顽童立即转头,但蝙蝠依然斥责说,残酷的顽童以摧残的游戏让人必须外出为丧母的孩子觅食。这时青蛙也从池塘里跳出来鼓噪,有一只呆呆地跳向顽童,从笼子里逃出来的松鼠立即警告说:"小心笼子!"并唱出过去在笼子里生活的辛酸。这时候,花园瞬间变成动物们欢颂自由与大自然的爱情乐园,看到动物们相亲相爱,不禁感到孤独寂寞的顽童,突然大声叫着"妈妈!"动物们发现顽童后一阵骚动,纷纷想报复袭击顽童。不料动物们争相为了惩罚顽童却发生内讧,把顽童扔到一边,自己打起架来。这时一只松鼠被打伤倒在顽童身边。有生以来第一次产生恻隐之心的顽童,已忘记自己受了伤,取下身上的缎带为松鼠裹伤,然后自己疲惫不堪地昏迷过去。动物们见状非常感动,纷纷上前围住顽童,然后合力把受伤的顽童送回家去,一边同声呼喊"妈妈"。当家里点燃灯火的时候,动物们说"他是真正聪明的好孩子"后远离而去。单独留下的男孩,在月光下伸出双手拥抱妈妈。

巴托克 （1881—1945）

Bartok, Bela

《蓝胡子城堡》

Duke Bluebeard's Castle

　　《蓝胡子城堡》是巴托克惟一的一出歌剧。使用匈牙利语言抑扬的旋律法，描写蓝胡子传说中的象征意义充满民族色彩。

　　舞台是微暗的蓝胡子公爵城堡中的圆形大厅。左边有楼梯通往小铁门，右边的墙壁上有七道大门。突然间，楼梯上的铁门开启，蓝胡子牵着新娘茱迪丝的手出现。蓝胡子问茱迪丝说："你离开父母兄弟跟着我来到这阴森森的城堡，难道不后悔吗？"茱迪丝回说："一点也不后悔。"并强调："我要永远跟着你，让这阴暗的城堡明亮起来，用我的亲吻吸干墙上的湿气。"两人走入大厅，紧紧相拥。不久后，茱迪丝想要参观造城堡的一切，要求将这七道门全部打开，蓝胡子加以拒绝。但茱迪丝仍走到第一道门前，当她一敲门，门后立即传来一阵低沉的呻吟，蓝胡子勉强把钥匙交给了茱迪丝。

　　打开门后，茱迪丝发现这是一间笼罩着红光的拷问室。蓝胡子说"红光就是代表鲜血"。茱迪丝毫不畏惧蓝胡子的提醒，

1953至1954年,《蓝胡子城堡》在米兰斯卡拉剧院演出的人物造型及舞台设计。

她说:"因为我深爱着你所以想知道一切。"并央求蓝胡子给她第二把钥匙。

第二道门打开后,流泻出橘黄色的光芒。这是一间可怕的兵器库,兵器上还沾着斑斑血迹。

蓝胡子虽然焦躁地给予警告,茱迪丝依然取来第三道门钥匙,打开一看,赫然发现这是一间金光闪闪、让她着迷的珠宝库,尽管她知道珠宝上也沾满了血迹。

这时,蓝胡子反而催促吃惊的茱迪丝打开第四道门。这里是照着绿色光芒的秘密花园,盛开着各种美丽花卉,茱迪丝惊喜之余,同样发现这花圃上也沾满了鲜血。她问蓝胡子说,是谁把这些鲜血洒在花圃上,蓝胡子只是回答说,不要多问,赶快打开第五道门。

从第五道门可以看到蓝胡子辽阔的领地。蓝胡子骄傲地邀茱迪丝一起观赏这阳光普照的美丽原野与森林,然后告诉茱迪丝说,这一切都属于你,这样你应该满足了,但茱迪丝仍然坚持还要看完其余的两道门。

第六道门里是闪耀着乳白色光芒的泪湖。蓝胡子坚持绝不可打开最后一道门。说罢抱住茱迪丝长吻,两人唱起了爱情之歌。在拥抱中,茱迪丝追问蓝胡子以前爱过多少女人,是不是像传言所说的把以前的妻子都杀害了,并将尸体放在第七道门中,蓝胡子念头一转,交出了钥匙说,这房里确实有我爱过的女人。

茱迪丝打开第七道门,门内照射出青白色的光芒,并从里面走出三位穿着华丽的女人，茱迪丝发觉她们都还活着，大吃一惊。蓝胡子向茱迪丝说，这些女人都是他的妻子，然后赞美每一位妻子的迷人处，第一位妻子是在黎明认识，所以每天黎明都属于她；第二位妻子在中午认识，每天中午就属于她；第三位妻子在黄昏认识，每天黄昏就属于她，他的第四位妻子茱迪丝是在星光灿烂的午夜认识，说到这里他走进第三道门取出皇冠、礼服与首饰，逼近拼命抵抗的茱迪丝，一一将这些穿戴上去，然后向她说，所有的夜晚都属于你，你最美丽。茱迪丝好像被紧紧束缚住一般，跟着三位女人一起消失在第七道门中。蓝胡子自言自语地说："从此永恒的夜晚将绵延不断。"说罢第七道门跟着关闭，大厅回复原来的阴暗。

《沃伊采克》
Wozzeck

这是以19世纪前叶德国剧作家毕希纳（Georg Büchner, 1813—1837)未完的戏曲《沃伊采克》写成的歌剧。描述在强人的理论与科学暴力的压迫下,贫穷社会的矛盾与悲剧。

做过理发师的士兵沃伊采克一边帮上尉刮着胡子，一边抱怨着生活现况,上尉看他如此愤世嫉俗,便对他说起教来,要沃伊采克要有道德观。沃伊采克反讽地告诉上尉:没钱哪来的道德可言。一直不顺遂的沃伊采克不时地表现出他的焦躁不安。

而沃伊采克的妻子玛莉抱着孩子观赏着窗外行进中的军乐队,又一边接受鼓号乐长对她的示好,而老是抱怨生活的沃伊采克对此事却丝毫未觉。为了赚更多的钱,沃伊采克跑去当医生研究室里的实验白老鼠,并且装疯卖傻、语无伦次地叫喊着妻子的名字，让医生误以为自己的实验快要成功了。而这时,无法抵抗诱惑的玛莉却投入了鼓号乐长的怀抱。

沃伊采克拿着薪水回家,却发现玛莉戴着新耳环,沃伊采克质问这对耳环是从哪里来的，玛莉支吾其词，无法自圆其说。沃伊采克生气地冲出家门，无意间从上尉和医生口中得知妻子和鼓号乐长的奸情，还受到大家的嘲讽和讥笑。疯狂的沃伊采克回家愤怒地质问玛莉，玛莉虽然心里十分内疚，仍大声地说："如果我做了什么对不起你的事，就把我杀了吧！"不久之后，沃伊采克却在酒店的花园里亲眼目睹，玛莉和鼓号乐长亲密地相拥而舞，心中埋下了杀机。于是来到军队的宿舍要找鼓号乐长算账，两人大打出手，无奈沃伊采克不是人家的对手，不仅被击倒在地，还引来更多的嘲弄，沃伊采克沮丧万分。

深夜，玛莉独守空闺，一边翻阅着《圣经》，一边内心掠过阵阵的自责，觉得对不起自己的丈夫。沃伊采克邀玛莉一起到池边散步，月亮高挂在天空，心中充满杀机的沃伊采克拿起刀子，一刀刺入玛莉的胸膛，杀了自己的妻子。慌张的沃伊采克逃进酒店，想以大吵大闹的疯狂行为来掩饰自己紧张的心情，却仍被人发现手中沾着血迹，逐渐崩溃的沃伊采克再度回到池边，后悔自己的行为，在一阵失控的吼叫声中，他走入池塘自杀溺毙。这时上尉和医生赶来一探究竟，却一无所获。只有阵阵的蛙鸣声回荡在夜空。隔天早上，一个孩子发现了玛莉的尸体，呼叫伙伴赶快来看，玛莉和沃伊采克的孩子，也天真地追在别人后面，赶来凑热闹。

《露露》
Lulu

　　这是根据魏德金德(Frank Wedekind,1864—1914)的戏曲《地神》与《潘朵拉的盒子》写成的歌剧。描写不顾道德规范的奔放女子,使她周围的男子——绝望,最后自己也在悲惨中死亡的故事。

　　少女舞蹈演员露露是个魔性美女,身旁经常围绕一群男子,而在画室里请她当模特儿的年轻画家,也是其中一人。画家戏弄露露,露露也以此为乐。突然间露露的丈夫医事顾问官哥尔(Goll)冲了进来,见状气得脸色发青,中风身亡。露露快乐地继承了一笔可观的遗产。

　　半年后,露露跟画家结婚。这时候来了一个气喘的老头席戈西,他自称是露露的父亲,死皮赖脸向露露要钱,其实他也是拜倒在露露裙下的男子之一。这时报社总编辑谢恩博士来到,他告诉露露最近准备结婚,拜托露露不要跟他结束过去长久的关系,露露则把话岔开。画家回来后责问这些事情,谢恩博士把过去的情史全都抖了出来,纯情懦弱的画家无法承受这个重大的打击,到隔壁房间拿起剃刀自杀身亡。博士被这个阴错阳差的结局弄得束手无策。露露则暗喜这下子可以跟博士结婚了。

　　露露演出时看到博士带着未婚妻坐在观众席上,因而心神不宁到无法正常演出,中途失神晕倒。赶到后台的博士,抵挡不了露露的魅力,又遭到露露强硬逼迫,终于决定取消婚约。

露露虽然已和博士结婚,但依然过着放纵的生活。席戈西与马戏团的大力士罗德利哥,以及一群学生在豪华客厅里饮酒作乐,连博士的儿子阿尔瓦也想讨露露的芳心。忍无可忍的博士强把手枪压在露露手上,逼她自杀,反遭歇斯底里的露露击毙。

露露因杀害谢恩博士被捕,女同性恋盖希薇芝女伯爵努力帮她逃狱。两年后归来的露露,在谢恩家的客厅与阿尔瓦热烈拥吻。

露露与阿尔瓦一起移居巴黎,过着全新的生活,但依然是逃犯之身。知道此秘密的罗德利哥,以及专门逼良为娼的侯爵,向他威胁勒索金钱。就在这时候,铁路股票暴跌,一夜变得身无分文的露露与阿尔瓦,遭人密告,在千钧一发之间逃过法官之手,双双离开了巴黎。

露露与阿尔瓦,跟席戈西一起住在伦敦某公寓的顶楼。露露变成阻街的流莺,遇到一位学者模样的客人,阿尔瓦非常不是滋味。这时候盖希薇芝女伯爵从巴黎来访,并带来画家过去为露露所绘的肖像画,这张肖像画使四个人不禁感叹时间的无常与变化。露露再度外出拉客,拉到了一位黑人,忍无可忍的阿尔瓦向那男子挑战,反被杀害。后来露露也惨遭恶名昭彰的"杀人魔杰克"杀害,将终生爱情都奉献给露露的盖希薇芝,随后也死在杰克的力下。

格什温 （1898—1937）

Gershwin , George

《波吉与贝丝》
Porgy and Bess

一开始就以摇篮曲《夏日时光》(*Summertime*) 闻名歌剧界,这是以跛脚的波吉和妓女贝丝为中心,描写南卡罗莱纳州查理斯敦黑人贫民区的生活故事。本剧在初演两年后,作曲者便去世,因此可以说是格什温晚年的代表作。

夏天夜里,克拉拉唱着摇篮曲《夏日时光》。掷骰子的赌博开始后,波吉走了进来。渔夫杰克(克拉拉的丈夫)调侃他"是否爱上了克劳温的情妇贝丝",波吉不肯承认。这时候码头工人克劳温带着贝丝一起走进来,酗酒的克劳温也加入赌博,不久与罗宾斯发生争吵,一刀杀死了罗宾斯。警察的哨声从远处传来,波吉让无处可逃的贝丝藏匿在自己的房间里。

同一天夜里,罗宾斯的遗体被安放在家里。邻居们唱起灵歌,随后波吉与贝丝也走了进来。这时候刑警出现,下令在明天以内埋葬罗宾斯,邻居们指证"罪犯是克劳温",但刑警不由分说带走了老人彼得。罗宾斯的太太赛莉娜哀伤唱道:"我的男人已死。"葬仪社的人员来到,起初不肯受理,最后才勉强收

格什温的歌剧《波吉与贝丝》演出时的宣传海报。

下15块美金,在邻居一同颂唱的灵歌声中落幕。

一个月后,波吉与贝丝开始同居。看到秃鹰低空掠过的波吉,唱道:"那鸟是灾祸的象征"。等所有的人退去后,波吉与贝丝互诉心曲,保证彼此的爱永不变心。这时候打扮华丽的邻居们出现,邀贝丝一起外出郊游,波吉也劝她前去,只留下波吉一人。

同一日下午,一行人在郊游中歌舞欢乐之后,纷纷搭船回家。贝丝落在后头,克劳温突然出现在她面前,逼迫她恢复关系。贝丝奋力抵抗,仍被克劳温强行拉走,消失在丛林中。

一个礼拜后的黎明。贝丝从奇替瓦岛回来,一直发烧不退睡在波吉的房间里,好不容易恢复后,与波吉一起唱出"我愿意永远和你在一起"的二重唱。这时候,突然刮起大风,天空遽变,乌云密布。

次日黎明前,狂风暴雨来袭。众人为出海捕鱼的壮丁们祈祷,就在这时候,寻找贝丝的克劳温冲了进来。波吉虽然奋力护着贝丝,但仍被克劳温推倒在地,众人开始指责克劳温。这时候贝丝看到河川上杰克的渔船翻覆,绝望的妻子克拉拉立即向屋外奔去,克劳温也跟在后头追去。

傍晚时刻。众人正在吊唁克拉拉、杰克与克劳温,但波吉却注意到克劳温偷偷躲在暗处,他抽出小刀刺中克劳温,并用手臂紧紧将他勒死。得意的波吉大笑说:"贝丝,现在我是你惟一的男人。"

次日下午,刑警和法医们前来调查,为确认遗体带走了波吉。这时候毒贩史波丁·莱夫以大麻为饵,引诱贝丝一起前往纽约。

一个礼拜后,波吉被释放回来,他听说贝丝已跟人私奔,波吉一面庆幸贝丝仍然活着,一面骑着山羊车,决心前往纽约寻找贝丝。

《火天使》
The Fiery Angel

以《三个橘子之恋》获得成功移居美国后的普罗科菲耶夫，想以全新的风格写作完全不同以往风格的《火天使》。以俄罗斯象征主义创始者布鲁索夫（Valery Bryusov）的同名历史小说编写成的此出歌剧，因充满中世纪的神秘主义，以及宗教的狂热和病态的错乱情色，长久以来一直无法被大众所理解。对于全剧无法完整演出的普罗科菲耶夫，曾将剧中的许多主题转用于第三号交响曲中（1928年作曲）。

骑士鲁普雷希特，听到隔壁房间有女子叫声，冲进去解救。美女雷娜塔向赶走邪魔的骑士讲述自己的身世。她说，当她还是个孩子的时候，碰到一位金发碧眼的天使马蒂耶尔，就想跟16岁的他结婚。但天使却与火焰一起消失在雷娜塔面前，从此以后她就不停地寻找这位天使。之后她以为韩利希伯爵是天使的化身，与他一起生活不久后，韩利希伯爵也消失不见了，为了寻找他，雷娜塔一路来到这里。这时候旅馆女主人出来，想把"异端女"和雷娜塔一起赶出。鲁普雷希特决心和她一起展开这场冒险之旅。

　　就在雷娜塔正在研究"魔法书"的时候，找不到韩利希的鲁普雷希特刚好回来。随后，雅各·葛洛克又送来了新的魔术书。他跟鲁普雷希特交谈过后，雷娜塔开始试验魔法的力量，但借用魔力仍然找不到韩利希的踪迹。于是葛洛克带着鲁普雷希特来到魔法师阿格利巴的住处。

　　当鲁普雷希特询问他有关魔法的事情时，阿格利巴都假装不知道，但房间里面的三具骷髅立即叫道"说谎！"这时候阿

普罗科菲耶夫歌剧《火天使》中，浮士德的服装造型。

格利巴才回答他的询问说"魔法是科学中的科学"。

一路找到科隆的雷娜塔,终于来到韩利希家门前,请求韩利希回心转意被拒,于是她请求从阿格利巴住处回来的鲁普雷希特,求他说"韩利希不是天使,把他杀掉吧!"最初不太愿意的鲁普雷希特,终于要求跟韩利希决斗。但雷娜塔十分不满,她大声叫:"怎么不把他杀掉!"鲁普雷希特越加气愤,在决斗中输给了韩利希,这时雷娜塔才对决斗失败身负重伤的鲁普雷希特,吐露心中的爱意。这时马提斯与医生赶到。

鲁普雷希特虽幸运保住一命,但雷娜塔却收回爱的告白,并咒骂他,丢下刀子掉头就走。没有追去的鲁普雷希特一个人来到酒店。这时候梅菲斯托费尔与浮士德出现,以店里的小伙计为对手表演起魔法。看到鲁普雷希特的梅菲斯托费尔,告诉他魔法即将发生的事情,约他在明日相见,随后梅菲斯托费尔与浮士德便在众人的注视下离去。

雷娜塔来到修道院成了一名修女,但自从她来之后就不断发生奇怪的事情,于是院长请来异端审判官,打算祛除邪魔,并审问雷娜塔。异端审判官认为雷娜塔的幻想是受到邪魔的蛊惑,遭雷娜塔否认。就在两人发生争执的时候,墙壁与地板开始发出敲叩的声音。受到惊吓的修女们慌忙逃窜,异端审判官再度审问雷娜塔,宣告开除雷娜塔。这时候周围的修女们纷纷被邪魔附体,出现怪异行径。梅菲斯托费尔、浮士德与鲁普雷希特及时赶来,眼见发狂的修女们正在举行狂宴,异端审判官下令将雷娜塔处以火刑。

《三分钱歌剧》
Die Dreigroschenoper

这是改编自18世纪的盖伊的诗歌歌剧《乞丐的歌剧》(*The Beggar's Opera*)的作品，用以讽刺第一次世界大战后德国混乱的社会，在纳粹取得政权以前的德国受到热烈欢迎。全剧以九名爵士乐手编成的管弦乐团拉开序幕。

19世纪维多利亚王朝时代的伦敦。在拥挤的后街传出《麦克希斯之歌》，这是叙述"强盗杀人放火，歹徒麦克从未留下痕迹"的歌曲，此首著名的歌曲亦被称为《刀手麦克之歌》。

在繁华街上专为乞丐经营服装出租店的乞丐头子毕勤，一如往常一大清早一边打扫店面，一边唱着《清晨之歌》。这时毕勤夫人为了女儿波利昨晚彻夜未归大发牢骚："家里的床是轮流睡的。"

波利与麦克在马厩举行婚礼。强盗的手下搬来订做的家具，把马厩装扮成房屋的样子。众人向不满的波利唱出《穷人的婚礼之歌》，她也高兴答唱出《海盗的新娘珍妮》。这时警察总长布朗出现，大家惊慌失措，幸好布朗也是为了庆祝战友麦克的婚礼而来。两位战友同声高唱《大炮之歌》，使气氛为之高涨。不久后，麦克与波利即在手下准备的床上唱出《爱之歌》。

回家后的波利向双亲报告她已经结婚。毕勤夫妇大吃一惊，向女儿劝说，麦克有许多情妇，不能依靠终生，波利辩解说那只是谣传。夫妇俩商议只有设计让麦克被捕，除此之外无法解救女儿。

感觉到自己处境危险的麦克，向波利交代后事之后，自己远走高飞。波利只好孤单地唱出《离别之歌》。麦克躲进以前的情妇珍妮的家里，珍妮已被收买，立即向毕勤夫人告密。不知情的麦克，在探戈舞曲的节奏下拥着珍妮跳舞，不久警官便进来逮捕他。

在狱中的麦克，唱着《快乐的生活之歌》。这时布朗的女儿露西来访，她也是麦克的情妇，眼见麦克与波利结婚，心里非常不是滋味。不久波利随后来到，与露西展开《嫉妒的二重唱》。说不过露西的波利，被前来的母亲强行带走。其后，麦克就在露西的协助下逃狱。

繁华街上，因维多利亚女王即将举行加冕典礼而热闹非凡。毕勤威胁布朗说，如果再不逮捕麦克，他将组织乞丐抗议团妨碍加冕典礼的进行。布朗带队准备赴现场镇压，但珍妮再度进来告密，布朗不得已再度前去逮捕麦克。珍妮不禁回想起以往和麦克的恩爱生活，唱出《所罗门之歌》。

被逮捕的麦克，即将被处刑。他绞尽脑汁计划逃狱，毫无结果，只好高喊"来自坟墓的叫声"，唱着《求饶之歌》走向绞刑台。当他即将被吊死之前，突然传来女王的特赦令，并册封他为贵族。"这样美好的事只有戏里才有"，整出歌剧就在严肃的合唱声中结束这出充满讽喻的故事。

《穆金斯克郡的麦克白夫人》

Lady Macbeth of the Mtsensk District

原著是莱斯柯夫(Nikolay Leskov)的同名小说。这是以卡特莉娜为主人翁,描写她一心一意不择手段要脱离农奴制度,最后落空的故事。由于内容和音乐过度强烈,当时遭到政府的强烈指责,作曲者因此曾改写某些场面,删除若干部分情节,以"卡特莉娜·伊兹麦洛娃"(Katerina Izmaylova)为剧名发表。

商人吉诺威的妻子卡特莉娜,生活乏味无聊。吉诺威的父亲鲍里斯,讨厌老实的儿子,经常虐待媳妇。有一天,丈夫外出修理磨坊的河堤,卡特莉娜与众人一起玩弄佣人的女儿阿克希奈,阿克希奈大声求救,却引来新进的佣人塞杰伊并趁机玷污了她。当夜,卡特莉娜独自一人留在寝室闷得发慌,塞杰伊突然前来借书,然后强行抱住卡特莉娜,卡特莉娜半推半就下投入他怀中。

好色的公公鲍里斯,从花园偷窥卡特莉娜的房间,悄悄走近媳妇的房间时却发现塞杰伊从媳妇房间的窗子爬下来,他立刻呼叫佣人逮住塞杰伊,用鞭子猛烈鞭打他。筋疲力尽的鲍里斯,又命令卡特莉娜说:"我肚子饿了,把晚餐吃剩的食物拿来。"被逼迫的卡特莉娜,一气之下把老鼠药掺入蘑菇之中,让可恶的公公吃下肚。不久后鲍里斯倒地死亡,卡特莉娜又把塞杰伊引入卧房,在剧烈高涨的气氛后,响出慵懒陶醉的音乐。突然间,丈夫吉诺威从外头回来,发现妻子偷情后不禁破口大骂,陷入歇斯底里状态。在混乱毒打中,卡特莉娜悲痛喊叫,躲在暗处的塞杰伊忍不住冲出来,击毙了吉诺威。两人合力将吉诺威的尸体藏进地窖中,这时状况已到不可收拾的地步。

不久,卡特莉娜与塞杰伊举行婚礼的日子到了。一个衣衫褴褛的农夫,醉醺醺地跑进酒窖,先是闻到一股恶臭,最后发

肖斯塔科维奇的舞台作品《卡特莉娜·伊兹麦洛娃》演出时的宣传海报。

现吉诺威的尸体而大吃一惊,魂飞魄散跑去报警。这时候音乐也表现出唐突、讽刺的样子。局长以下闲得发慌的警官们,闻讯急忙冲出去,在婚礼进行到一半的时候逮住两人。

被判刑流放到西伯利亚的囚犯们,齐声合唱加深悲剧的印象。卡特莉娜与塞杰伊也在其中,塞杰伊对她已经心灰意冷,卡特莉娜则挣扎着要挽回他的心,于是为他脱下重要的袜子,他却将袜子穿在另一位女子索内特卡(Sonetka)脚上,卡特莉娜见状非常悲伤,在凄惨的乐声下引出她的独白"深林深处有个漆黑的湖"。

不久后,卫兵下达出发命令。囚犯们悲伤哀叹,开始流放之刑。

这时卡特莉娜步步走近索内特卡身后,趁机将她推落河中,自己也跳了下去。在众人的惊愕中,两人的身体瞬时被河水吞没。在低沉的乐声中,囚犯们身影慢慢也消失在薄暮之中。

布瑞顿　（1913—1976）

Britten , Benjamin

《彼得·葛莱姆》
Peter Grimes

这是布瑞顿第一出正统歌剧,同时也是他最受欢迎,并且让他确立歌剧作曲家地位的作品。

序幕　英国东海岸的小渔村

在渔村的公会堂内,正开庭审问渔夫彼得的少年学徒在捕鱼回航时意外死亡的事件。彼得作证说,捕鱼回航时遇到海啸,在漂流期间少年已经死亡,但村民们都怀疑少年是被平日待人粗暴的彼得所杀害。最后由于没有证据,因而判定意外死亡。法官劝告彼得"以后最好不要再雇用学徒"后,宣告审理终结,退庭。众人离去后,村子的女教师艾伦留下来安慰孤独一人的彼得。

第一幕　第一场　几天后的海岸街道,第二场　坡亚酒吧

彼得被村民列为拒绝往来户,一个人拼命修理船只。退休船长巴斯特罗德与药剂师金恩(Keene)跑来帮忙,药剂师对彼得说,我在孤儿院替你找到一位少年。此话一出即遭到众人指责,但艾伦却加以美言一番,并跟着马车夫霍布森(Hobson)一起前往迎接少年。不久后,暴风雨即将到来,众人纷纷走避回家。船长劝彼得离开村庄另谋发展,彼得则说出他的梦想,我要在这块土地生活,并且和艾伦结婚。场面一转变成酒吧内部,众人不管外面的狂风暴雨,喝酒喧闹。彼得一走进来后,众人却突然噤声,彼得疯言疯语,险些被赶走。就在这时候,艾伦带着少年进来,彼得立即带着少年在暴风雨中回家。

第二幕 第一场 海岸街道,第二场 彼得的小屋

星期天早晨,村民们忙着到教堂去。艾伦正和彼得雇用的少年聊天时,彼得出现,说他发现鱼群,且不听艾伦的劝阻,强行把少年带走。从教堂出来的人们知道此事后,对于安息日还出海捕鱼的彼得都十分愤慨,便一同到他家看个究竟。在彼得家里,彼得吩咐少年准备出海捕鱼,这时候他想到艾伦,便唱出优美的曲调,中途又想起死去少年的幻影而十分苦恼。不久,他发现人们逐渐走近,情急之下,命令少年从悬崖下海,不料小心翼翼的少年却失手跌落断崖。彼得吓了一跳赶紧走下断崖察看。赶来的人们发现彼得不在家里,以为他已出海而纷纷离去。只留下船长一人,若有所思走下悬崖。

第三幕 第一场 数日后海岸街道上的优美月夜,第二场 同一地点接近黎明

人们又谣传彼得杀了少年后自己躲了起来。这时候艾伦

和船长出现，船长告诉艾伦说，他在海边捡到少年的毛线衣，而且彼得的船已经回来，尽管让人纳闷，我们还是必须为他尽点心力，说毕两人前去寻找彼得。听到这些话的赛德丽夫人，在人们面前夸大渲染，使村民们认为彼得又杀了少年，纷纷气愤到处寻找彼得。

远方传来村民们寻找彼得的呼叫声。到处流浪的彼得出现，样子十分疲倦憔悴。这时候艾伦和船长登场，船长劝告彼得说，如果是海上男儿，必须把船开到海上让它沉没，自己与船共存亡。回来后的船长带走哭泣的艾伦。黎明时刻，搜索回来的人们群聚在广场上，有人报告说发现一艘船沉没在海上，但已无人关心。其后彼得的悲剧似乎未曾发生过一般，村民们又过着一成不变的日子。